Barbara Cartland

Qui êtes-vou[...] ?

tradu[...]
par [...]

Éditions J'ai lu

Titre original :

DESPERATE DEFIANCE

NOTE DE L'AUTEUR

Ce livre, écrit en 1936, retrace fidèlement la situation du Tibet d'alors et ses relations avec les autres pays.

De même que les différences entre les sectes des Bonnets rouges et des Bonnets jaunes, les descriptions du pays et du peuple tibétains, fruit de longues années de recherche, sont authentiques.

1936

1

Accoudée à la table, Vivian Carrow observait l'élégante assemblée qui l'entourait. Dans une atmosphère de gaieté bruyante, les conversations allaient bon train et les verres se vidaient. L'orchestre du casino accompagnait ce joyeux brouhaha de ses rythmes dansants. Des groupes déambulaient d'une salle de jeu à l'autre. Des femmes, parées de diamants étincelants et richement vêtues, proclamaient haut et fort qu'elles n'avaient « plus un sou ».

Indifférents à tout ce beau monde qui se pressait sur la terrasse, les flambeurs se hâtaient vers les tables en faisant claquer leurs plaques dans leurs mains. Ici, la haute société européenne côtoyait toutes les classes et toutes les races.

Les habitués, les grands joueurs qui vivaient au jour le jour à Monte-Carlo, n'avaient plus ni famille ni patrie.

Pour Vivian, tout cela était nouveau et follement excitant. Elle ignorait tout de la vie colorée, superficielle et sophistiquée qui se déployait autour d'elle comme un kaléidoscope.

Elle était de ces jeunes filles sur lesquelles on se retourne, mais ici elle se fondait dans la foule. Pourtant, elle était plus que jolie : elle avait du caractère. Ses grands yeux d'un gris sombre, soulignés par des sourcils droits et fermement dessinés, frappaient par leur intensité. Son petit visage à l'ovale parfait, auréolé de boucles brunes nuancées de reflets bronze, exprimait la détermination. Sa bouche aux contours nets évoquait une sensualité prête à éclore.

Les personnes réunies autour d'elle étaient paisibles et plutôt discrètes. Présidant en bout de table, sa tante, lady Dalton. Avec ses cheveux striés de mèches grises, son collier de perles petites mais parfaites, sa robe seyante, elle offrait le portrait type de la soixantaine épanouie.

Avec la dame du même âge assise à la table voisine, le contraste était saisissant. Tout en elle trahissait les ravages du temps : ses mains, son cou, son maquillage outrancier qui accusait les rides au lieu de les masquer. Elle portait une robe de jeune fille, en mousseline rose, qui dénudait ses épaules décharnées. Ni les bijoux ni le bouquet d'orchidées épinglé à son décolleté ne parvenaient à dissimuler ses efforts pathétiques pour lutter contre l'outrage des ans. Elle était accompagnée de deux jeunes gens dont les attentions serviles amenèrent un sourire sur les lèvres de Vivian. Le cheveu gominé, la taille sanglée dans des vestes cintrées, ils auraient pu être les fils de cette douairière endiamantée. En tout cas, il eût été plus normal de les voir s'intéresser à sa fille qui regagnait justement sa place. Tout aussi apprêtée que la mère, elle possédait au moins l'atout inestimable de la jeunesse.

Le regard de Vivian ne s'attarda pas sur la jeune personne mais sur l'homme qui l'accompagnait. Grand et beau garçon, il avait l'assurance tranquille que seule confère la bonne éducation et détonnait curieusement au milieu des gens vulgaires qui l'entouraient. Il tira la chaise de sa cavalière avant de s'asseoir à son tour et de porter sa coupe de champagne à ses lèvres. Son regard croisa alors celui de Vivian et il sourit.

Elle lui rendit son sourire, et son visage s'illumina. L'espace d'un instant, ils se regardèrent droit dans les yeux, puis ils reportèrent leur attention sur leurs compagnons respectifs.

Vivian se tourna vers son voisin, un amiral en retraite. Flatté par l'intérêt que la jeune fille semblait lui porter, il se mit à lui raconter sa vie, évoquant le bon vieux temps avec une telle passion qu'il ne remarqua pas que Vivian cessa très vite de l'écouter.

Elle pensait à Jimmy. « Comme je l'aime ! » soupirait-elle intérieurement. Elle se félicitait d'être venue mais regrettait de ne pas être assise à la même table que lui.

A vingt-trois ans, Vivian venait pour la première fois dans cet endroit à la mode du sud de la France. D'habitude, durant tout l'été et jusqu'au début de l'automne, elle voyageait à l'étranger avec son père, à la découverte de terres inexplorées, quand ils ne restaient pas chez eux, dans leur petit village du Worcestershire, pour préparer leur prochaine expédition. Elle s'employait aussi à classer, à rédiger et à répertorier les informations que son père avait rapportées de leur précédent périple.

Vivian avait quatorze ans quand elle avait perdu sa mère et, depuis, elle accompagnait le Pr. Carrow dans tous ses déplacements. C'était le plus grand minéralogiste d'Angleterre, et peut-être du monde. Depuis toujours, il était pour elle le « dresseur de cartes ». Partout où il existait encore des terres vierges, on envoyait le Pr. Carrow. L'Institut géographique homologuait alors ses découvertes et les incorporait à l'atlas.

Une vie étrange pour une jeune fille, mais Vivian l'adorait et elle n'en aurait changé pour rien au monde. Jusqu'à il y a trois mois, quand elle avait fait la connaissance de Jimmy Loring. Ils s'étaient rencontrés par hasard et banalement, au club du professeur, à Pall Mall.

Il devait y déjeuner avec son oncle et elle, avec son père. A son arrivée, le professeur était en grande conversation. Ses courses s'étant révélées plus longues que prévu, Vivian était très en retard et passablement ébouriffée.

— Papa chéri, je suis vraiment désolée, s'était-elle excusée en entrant en trombe dans une salle d'attente un peu sinistre où les deux sexes étaient autorisés à se côtoyer.

Le vieil homme lui avait alors présenté le général Loring et son neveu. Au moment où Jimmy avait pris sa main et plongé son regard dans le sien, elle s'était sentie toute drôle. Ils avaient déjeuné ensemble mais Vivian aurait bien été incapable de dire de quoi ils avaient discuté. Durant tout le repas, elle avait éprouvé une étrange euphorie, s'amusant d'un rien, au point de perdre la notion du temps.

— Trois heures ! s'était-elle écriée en regardant sa montre. Ce n'est pas vrai ! J'avais un rendez-vous à trois heures moins le quart.

— Permettez-moi de vous y conduire, avait suggéré Jimmy Loring.

— Cela ne vous ennuie pas ? Mais... ce n'est peut-être pas sur votre chemin. Je dois aller chez Harrods.

— Je me ferai un plaisir de vous accompagner.

A l'autre bout de la table, le professeur avait donné son accord.

— Ne nous attends pas, ma chérie. Ce n'est pas tous les jours que je rencontre un vieil ami ! Nous avons encore beaucoup de choses à nous dire.

La petite voiture de sport de Jimmy les attendait dehors.

Quand il avait proposé de rabattre la capote, elle avait répliqué en riant :

— Mon père et moi venons de rentrer du nord du Canada et je peux vous assurer qu'en comparaison le vent de Londres me paraît étouffant !

Elle n'alla pas chez Harrods, cet après-midi-là. Après avoir contourné le parc, ils s'étaient assis au bord du ruisseau qui miroitait sous le soleil printanier. Ils avaient parlé — d'eux-mêmes, de la vie, de leurs espoirs —, jusqu'à ce que le soleil disparaisse derrière Kensington Palace.

— Je vous appellerai à neuf heures, lui avait-il dit en la déposant au petit hôtel modeste et calme où elle était descendue avec son père.

Quand Vivian avait regagné sa chambre, elle avait les joues en feu et son cœur battait la chamade.

« Je l'aime ! » se répétait-elle, éblouie.

Et deux soirs plus tard, lorsque Jimmy l'embrassa pour la première fois, elle murmura de vive voix :

— Je vous aime.

Puis l'été avait passé, comme une brume légère, lui laissant les doux souvenirs de leurs promenades sur l'Avon, à bord de barques plates garnies de coussins, des après-midi où ils avaient exploré les alentours de la maison de Vivian. Elle et son père adoraient leur vieille demeure du XVIe siècle, noir et blanc.

Ils l'avaient baptisée « Le Manoir », même si elle ne méritait pas vraiment ce nom légèrement pompeux. Les pièces étaient si petites qu'ils s'y sentaient à l'étroit dès qu'ils recevaient plus de deux invités mais elle convenait parfaitement au professeur. Vivian y avait grandi. Elle en connaissait chaque recoin et elle s'y sentait chez elle, au sens le plus fort.

— Ne sommes-nous pas les gens les plus heureux du monde ? demanda un jour Vivian à Jimmy.

Assis au bord de la rivière, ils écoutaient les chuchotements de la brise dans les feuillages.

— Il me semble avoir déjà entendu cela quelque part... remarqua Jimmy en souriant.

— Ne te moque pas de moi ! Réponds-moi.

Il se tourna face à elle et prit le visage de la jeune fille dans ses mains.

— Absolument, dit-il avec une gravité soudaine. Personne ne saurait être plus heureux que nous.

— Vraiment ?

— Vraiment, répondit-il avant de l'embrasser.

Après six semaines d'un bonheur sans mélange vint le moment du départ. Jimmy dut rentrer à Londres pour prendre ses fonctions dans les assurances.

— J'ai obtenu ce travail grâce à mon oncle, apprit-il à Vivian. C'est d'ailleurs pour en parler que nous déjeunions au club, le jour de notre rencontre.

Elle glissa ses mains dans les siennes.

— Je viendrai te voir tous les week-ends, lui promit-il. Mais je vais devoir travailler dur, ma chérie, et je te laisse le soin de deviner pourquoi.

Bien sûr, elle devina. Épouser Jimmy, l'avoir pour elle seule, vivre auprès de lui dans une petite maison... Durant les semaines qui suivirent, cette perspective occupa toutes ses pensées.

Et puis Jimmy lui annonça qu'il était invité à Monte-Carlo.

— Chez des gens formidables ! confia-t-il à Vivian. Et puis ils sont très riches, il est toujours utile d'avoir de telles relations. Je dois y aller, ma chérie. Mais... si tu venais aussi ? Tu n'as personne qui pourrait t'héberger ?

— Si, la sœur de mon père, dit Vivian après réflexion. Ma tante Geraldine. Elle a une villa, là-bas, et m'a souvent proposé d'y séjourner, mais j'ai toujours refusé.

— Merveilleux ! s'exclama Jimmy avec enthousiasme. Écris-lui tout de suite ! Tu verras, Monte-Carlo est le plus bel endroit du monde, il n'y a pas mieux pour s'amuser. Tu t'y plairas.

— Je n'en suis pas sûre. Le monde, le luxe, les soirées élégantes ne m'ont jamais attirée...

— Ne dis pas de sottises ! Tu adoreras, au contraire.

— Je serai morte de peur, je le crains...

— Avec moi pour veiller sur toi ? Allons, assez de bêtises. Assieds-toi et écris.

Et Vivian avait obéi. Peu après, elle recevait de sa tante une affectueuse lettre de bienvenue.

Dès son arrivée, elle constata que l'endroit était exactement comme elle l'imaginait. Tout y était : le ciel bleu et la mer, les corps dénudés étendus au soleil sur de luxueux matelas, les dames aux ongles parfaitement vernis, à la peau huilée, les étuis à cigarettes ornés de diamants, les voitures de rêve, l'efficacité tranquille qui régnait autour des tables de jeu...

... Ce soir, tout ce beau monde était réuni pour le souper. Les projecteurs éclaireraient bientôt la scène flottante sur laquelle un show prestigieux allait commencer. Sous les étoiles, le vieux casino éclairé ressemblait à un gâteau à la crème...

Le rire strident de Mme Strubbs s'éleva, à la table voisine, arrachant Vivian à sa rêverie. Elle détestait cette femme si violemment qu'elle en eut la nausée.

— Quelque chose ne va pas ? s'enquit aussitôt l'amiral, remarquant sa pâleur subite.

— Non, non, tout va bien. Un léger vertige, rien de plus. Il fait très chaud, ce soir.

— On se croirait dans une étuve ! Mais ne vous plaignez pas. Que diriez-vous si vous étiez obligée de vous affubler de vêtements aussi inconfortables que nous, les hommes ?

Vivian sourit bien qu'elle eût déjà entendu ce genre de remarque qui se voulait drôle.

— Si nous montions sur le toit pour danser ? Il fera plus frais, là-haut, proposa-t-il.

Ils se levèrent et se faufilèrent entre les tables.

— Ne t'attarde pas, chérie, dit lady Dalton à Vivian, au passage. Le spectacle commence dans dix minutes.

— Nous serons revenus, répondit la jeune fille.

Dans le vestibule bondé, qui donnait accès au jardin suspendu et aux salles de jeu, l'amiral engagea la conversation avec un groupe d'amis. Comme Vivian l'espérait depuis le début de la soirée, elle sentit une main se poser sur son bras et sut immédiatement à qui elle appartenait.

— Chéri, souffla-t-elle.

— J'ai besoin de te voir, dit-il.

— Pas autant que moi. Oh, Jimmy ! Je ne t'ai presque pas vu durant ces trois jours !

— Je sais, mais cette fois c'est important. Quand pourrai-je te voir ?

— Quand tu voudras, mon chéri. Tu sais bien que je ne suis ici que pour toi.

— Je te retrouverai dans le jardin de la villa dans... deux heures.

— Dans le jardin de la villa ?

— Oui. Attends-moi près de la tonnelle. J'essaierai de ne pas être en retard.

Et sans un mot d'explication, il disparut aussi vite qu'il était venu, s'empressa de regagner la terrasse en se frayant un chemin à travers la foule. Vivian le regarda s'éloigner avec une sensation de bonheur retrouvé.

Elle n'avait pas beaucoup apprécié la semaine qui venait de s'écouler. Elle avait vu Jimmy chaque jour, mais très brièvement ou bien avec ses amis. Ils se retrouvaient à la piscine, sur les courts de tennis ou à bord des nombreux petits yachts que l'on pouvait louer à la demi-journée. Jimmy et sa bande adoraient ce genre de divertissement, ils s'amusaient beaucoup mais Vivian ne partageait pas leur conception du plaisir.

Jimmy pour elle toute seule: voilà ce qu'elle désirait. Elle rêvait de ces moments qu'ils avaient passés tous les deux, dans son jardin, au bord de l'Avon. Mais depuis l'instant où elle était descendue du train, à Monte-Carlo, ce n'était qu'une fête ininterrompue qui la privait de la seule chose qui la rendait heureuse. A présent, Jimmy voulait la voir en privé, dans un endroit tranquille, à l'abri des regards et du monde.

Vivian frissonna d'impatience.

2

— Voilà l'homme le plus dangereux d'Europe, dit l'amiral tandis qu'ils évoluaient lentement au son d'une douce mélodie fredonnée par une chanteuse blonde.

— Où ? s'enquit Vivian, émergeant de ses pensées dont Jimmy était le centre.

— Vous voyez cet Indien, près de la colonne, qui parle à une grosse dame couverte d'émeraudes ?

— Oui, dit Vivian. Qui est-ce ?

— Dhilangi.

— Oui, j'ai entendu parler de lui. N'est-il pas une sorte de Gandhi, farouchement opposé à l'Angleterre ?

— Pire que cela ! Et vous assistez à une scène historique.

— Pourquoi ?

— Eh bien, cette femme en émeraudes, c'est Mme Michael Mackie, la veuve du roi du pétrole américain.

— Mais quel rapport avec l'histoire ? Elle va lui fournir des fonds ?

— Toute la question est là, jeune demoiselle. En tout cas, le quart de l'humanité se la pose en ce moment.

— Qu'adviendrait-il, si c'était le cas ?

— Prions pour qu'il n'en soit rien ! Dhilangi est l'un des hommes les plus dangereux de l'Inde. Totalement dépourvu de scrupules, intéressé, fanatique et violent ! Partout où il passe, il fomente insurrections et rébellions. Il nous a déjà causé pas mal de soucis, beaucoup d'hommes sont morts à cause de lui, mais jusqu'à présent, son manque de moyens mettait un frein à sa barbarie. Contrairement à Gandhi, il n'a rien d'un ascète. Il aime le luxe, le confort et tout ce que l'argent peut acheter. Si jamais il persuadait Mme Mackie de l'aider financièrement ou de l'épouser — et j'ai des raisons de croire qu'il ira jusque-là —, la situation deviendrait vraiment préoccupante.

— Elle est donc si riche ? demanda Vivian.

— Fabuleusement. Et le pire, c'est qu'elle prend cet homme pour une sorte de messie dont elle serait l'inspiratrice.

— Cela me fait penser à ces histoires qui font les délices de la presse à scandale.

— Mais ce n'est pas une plaisanterie, hélas ! Les autorités ont tout fait pour empêcher une telle alliance, mais que faire quand notre société soi-disant civilisée défend si farouchement les libertés individuelles ?

— Et ils sont ici ensemble pour prendre une décision ?

— Exactement. Dhilangi a fait ce voyage spécialement pour elle.

Comme ils évoluaient lentement parmi les autres danseurs, Vivian en profita pour observer l'Indien. Il était petit et mince. Son visage portait les marques d'une vie dissolue. Une ardeur passionnée et anormale semblait le posséder. A ses gestes, à sa façon de mouvoir ses lèvres fines, on devinait un être sauvage et indomptable.

— Il me fait penser à un tigre aux aguets, dit Vivian. (Elle eut un petit rire d'excuse.) C'est très banal, mais c'est vraiment l'image qui m'est venue à l'esprit.

— C'est l'expression qui convient.

Ils se dirigèrent vers la porte et l'amiral s'effaça pour laisser passer sa cavalière. Tandis qu'ils regagnaient l'étage inférieur, elle songeait avec amertume que le temps ne passait décidément pas vite. Elle avait hâte de rentrer et de retrouver Jimmy.

Elle subit avec un ennui profond le spectacle de cabaret où des femmes à demi nues, parées de plumes d'autruches, se déhanchaient au rythme de la musique. Elle essayait d'entrevoir Jimmy, à l'autre bout de la terrasse où il s'était installé avec sa bande de joyeux fêtards, et ne regarda même pas le finale, les jambes qui se levaient en cadence, les chapeaux hauts de forme recouverts de paillettes.

« Quel calvaire ce doit être pour lui de devoir endurer une telle compagnie... » songeait-elle. On disait que Mme Stubbs avait retenu un étage entier, au Beach Hotel, pour elle-même et ses invités. A Monte-Carlo, tout le monde parlait de ses trois Hispano-Suiza capitonnées de cuir brun, conduites par des chauffeurs noirs.

Si un nouveau venu demandait qui étaient les Stubbs, on lui répondait invariablement : « Les rois de la lessive ! » Tout le monde connaissait les réclames anglaises vantant les mérites de la nouvelle poudre à laver « miracle ». Grâce à cette invention, soutenue par une campagne publicitaire particulièrement réussie, M. Stubbs avait amassé une véritable fortune en l'espace de quelques années. « Et si Jimmy devient son assureur, pensait Vivian, nous pourrons nous marier... »

A une heure, lady Dalton se leva. Il était temps de rentrer. Une voiture ramena les deux femmes à leur villa, perchée sur la corniche qui surplombait la mer.

— Merci infiniment, tante Geraldine. J'ai passé une excellente soirée, dit Vivian.

— J'ai peur que nous ne soyons un peu vieux jeu pour toi, ma chère enfant. Tu sais, je vais rarement aux galas du casino et mes amis te paraissent sûrement ennuyeux.

— Pas du tout ! s'écria Vivian en riant. L'amiral est aussi alerte qu'un gamin et il adore danser.

— Tu aurais sans doute préféré un autre cavalier.

— Absolument pas, répondit Vivian en embrassant sa tante avant de regagner sa chambre.

La jeune fille attendit un long moment après que lady Dalton eut refermé sa porte, puis elle éteignit la lumière et se glissa sans bruit dans l'escalier. En bas, elle ouvrit doucement la porte-fenêtre et sortit dans le petit jardin qui longeait la villa voisine. Il descendait jusqu'à une route, en contrebas, au-delà de laquelle s'étendait la mer.

Là se trouvait la tonnelle, couverte de rosiers grimpants qui exhalaient leur parfum, particulièrement la nuit. Ici, tout était calme. Le faisceau d'un phare striait la surface de l'eau par intermittence. Au loin scintillaient les lumières du Cap Ferrat, dans la nuit étoilée. Vivian fut transportée par la beauté magique de l'endroit.

Le bruit d'une voiture la fit revenir sur terre. Elle jeta un coup d'œil par-dessus le mur qui longeait la route mais le véhicule ne ralentit pas à la grille. Ce n'était pas Jimmy.

Des éclats de rire lui parvinrent : les habitants de la villa voisine étaient rentrés. Poussée par la curiosité, elle s'approcha de la haie qui séparait le jardin de la Villa Sebastian et regarda à travers le feuillage.

Plusieurs personnes descendaient d'une Rolls Royce. A la lueur des phares, Vivian remarqua une Américaine qui parlait d'une voix haut perchée, avec force gestes. Ses bracelets sertis de diamants s'entrechoquaient et jetaient mille feux. Plusieurs hommes l'accompagnaient, tous passablement éméchés. Soudain, Vivian reconnut Mme Mackie et Dhilangi.

« Tiens ! se dit-elle. Nous sommes voisins ! Peut-être va-t-il la demander en mariage ici même et je serai le témoin d'un échange qui va changer la face du monde ! »

Elle entendit Mme Mackie dire au chauffeur :
— Attendez M. Dhilangi ici.
Puis toute la bande monta vers la villa. Vivian regagna la tonnelle, de plus en plus impatiente de voir Jimmy la rejoindre. L'arrivée bruyante de ses voisins avait rompu la quiétude de la nuit. Elle ne parvenait plus à s'abîmer dans la contemplation de la beauté environnante. Elle guetta nerveusement l'approche d'une voiture.
Le bruit d'un moteur lui parvint enfin. Elle pria pour que ce fût Jimmy, mais alors qu'elle retenait sa respiration, se préparant à une nouvelle déception, le véhicule freina. Peu après, elle reconnut les pas de Jimmy qui approchaient. Elle ne bougea pas, désireuse de savourer ce moment délicieux. Son cœur battait. Elle ne voulait pas brusquer les choses en se précipitant à sa rencontre.
— Jimmy, dit-elle en lui tendant les bras dès qu'il fut devant elle.
Il la tint avec raideur, sans l'embrasser.
— Mon chéri, j'ai cru que tu n'arriverais jamais.
Sa froideur et son silence la frappèrent de stupeur.
— Que se passe-t-il ? s'alarma-t-elle. Qu'y a-t-il ?
Il la repoussa et se tourna vers la mer. Sa haute silhouette se découpait contre le ciel, les contours de sa tête, de ses épaules carrées et puissantes au creux desquelles elle se sentait si petite et si bien.
— Jimmy ! Que se passe-t-il ?

Il fit soudain volte-face et prit ses mains dans les siennes. Elle ne distinguait pas ses traits, il faisait trop sombre, mais elle le devinait anxieux et embarrassé.

— Écoute, Vivian, je suis venu te dire quelque chose et maintenant, je ne sais plus comment m'y prendre.

Il s'exprimait d'une voix dure, méconnaissable. Un frisson de peur parcourut la jeune fille.

— Il faut que je sache. Qu'est-ce que tu n'oses pas m'avouer ?

Un silence s'installa, lourd, presque palpable, puis les mots de Jimmy le brisèrent, comme un couperet :

— Je vais épouser Marjorie Stubbs.

Vivian se figea. Ils se retrouvèrent face à face dans la pénombre.

« Ce n'est pas vrai, pensait-elle, éperdue. Je devrais crier, pleurer, me jeter à ses pieds, m'évanouir ! Au lieu de cela, je reste clouée sur place... »

Au bout d'un moment qui lui parut très long, elle se surprit à lui demander d'une voix ferme :

— Pourquoi ?

Jimmy lâcha ses mains. Il se tourna à nouveau vers la mer.

— Devine ! fit-il d'un ton cassant. Parce qu'elle est riche et que j'ai besoin de son argent. Tu ne comprends donc pas, Vivian ? Je ne peux pas vivre sans argent ! Je hais mon bureau, je hais l'existence monotone et étriquée que je mène à Londres, obligé de compter, d'économiser, de vivre dans un logement minable et de fréquenter des gargotes.

Vivian avait l'impression de vivre un mauvais rêve. Ce n'était pas elle qui était là, les yeux secs, à écouter cet homme à qui elle avait tout donné, son cœur et son âme.

« Il ne veut pas de moi. C'est fini... »

Cette scène lui paraissait tellement irréelle qu'un éclat de rire lui échappa. Un rire nerveux et sinistre... Et puis elle s'aperçut que le Jimmy qu'elle avait aimé n'existait déjà plus. Il l'avait trahie.

— Je suis désolé, Vivian... Dis quelque chose, enfin ! explosa-t-il au bout d'un moment. Parle, fais-moi des reproches, insulte-moi, mais ne reste pas comme ça ! Tu ne peux pas savoir à quel point je me déteste en ce moment. Oui, je me conduis d'une façon méprisable mais je n'y peux rien.

Comme s'il ne pouvait plus supporter le silence de la jeune fille, il la prit soudain dans ses bras et couvrit ses joues de baisers, puis ses lèvres. Mais il eut l'impression d'embrasser une morte. Elle demeura de marbre, sans le repousser mais sans rien ressentir. Elle ne répondit pas à ces baisers qui, jusqu'à ce soir, l'avaient tant émue. Elle s'était en quelque sorte dédoublée, comme si elle assistait à une scène qui se déroulait devant elle, une scène bizarre qui lui était totalement étrangère.

Jimmy la repoussa rudement. Le silence imperturbable de Vivian le mettait mal à l'aise. Il ne s'était pas attendu à une telle réaction. Il resta un moment immobile, cherchant à distinguer l'expression de son visage malgré l'obscurité. Puis il tourna brusquement les talons et disparut.

Les graviers du chemin crissèrent sous ses pas jusqu'au moment où il gravit les marches de pierre. La portière de sa voiture claqua. Le moteur gronda. Et Vivian se retrouva seule.

Elle s'assit lentement sur le petit banc de bois installé sous la tonnelle. Elle se tordait les mains, enfonçait ses ongles dans ses paumes, insensible à la douleur qu'elle s'infligeait. Son regard fixe trouait l'obscurité sans rien voir. Le nom de Jimmy résonnait dans sa tête mais aucun son ne franchit ses lèvres. Une larme roula sur sa joue.

Le bruit d'un moteur la ramena brusquement à la vie ; elle se leva d'un bond. Toute frémissante, elle tendit l'oreille. La lueur des phares se rapprocha, puis disparut. La voiture était passée. Alors, avec un geste de désespoir, Vivian appela Jimmy. Mais sa voix se brisa et elle fondit en larmes. De violents sanglots la secouèrent. Le visage enfoui dans ses mains, elle sentit ses jambes se dérober sous elle, et se laissa tomber sur le banc.

— Ce n'est pas vrai ! Jimmy ! Mon Jimmy ! gémissait-elle.

Dans le jardin silencieux, le vent s'était tu. Les silhouettes imprécises des arbres sous la lune ressemblaient à des sentinelles rendant les honneurs à cet amour défunt qui ne renaîtrait plus jamais.

Tout à coup, une détonation déchira la quiétude de la nuit, celle d'un moteur pétaradant ou d'une arme à feu. Vivian la perçut vaguement, comme à travers une brume cotonneuse. S'efforçant d'apaiser ses pleurs, elle tendit l'oreille et se figea soudain : un homme se tenait là, juste à l'extérieur du treillis. Assez grand, il portait un habit de soirée. Malgré l'obscurité, Vivian distingua l'éclat d'une chemise blanche.

Elle tenta de lui demander ce qu'il voulait mais les mots s'étranglèrent dans sa gorge et elle émit une sorte de son inarticulé. Aussitôt, il entra sous la tonnelle et Vivian tressaillit. Mais sa voix grave, celle d'un homme cultivé s'exprimant en anglais, la rassura :

— Qui est là ? demanda-t-il.

Comme elle ne parvenait pas à répondre, il prit quelque chose dans sa poche. Une allumette craqua et sa flamme, protégée par les mains de l'homme, éclaira faiblement la jeune fille.

— Ne me regardez pas !

Elle se détourna vivement. La flamme s'éteignit et ils se retrouvèrent à nouveau dans le noir.

— Écoutez, miss Carrow. Vous devez m'aider, dit calmement l'étranger.

— Vous connaissez mon nom ? s'étonna Vivian. Qui êtes-vous ?

— Peu importe. Je sais qui vous êtes et je sais aussi que vous accompagnez fréquemment votre père dans des missions difficiles. Faites ce que je vous dis, et vous rendrez un grand service à votre pays.

— Mais...

— Dans quelques secondes, poursuivit-il d'une voix à peine audible tant il parlait bas, un homme ou peut-être plusieurs vont venir. Ils devront croire que nous sommes ici depuis un bon moment. Vous n'aurez pas besoin de parler, je m'en chargerai. C'est tout ce que je vous demande.

— Mais... pourquoi ?

— Vous me poserez des questions plus tard.

Peu après, des pas se firent entendre. Immédiatement, l'inconnu prit les mains de Vivian dans les siennes et les tint fermement. Elle n'eut pas le temps de réagir : deux hommes arrivèrent au kiosque et l'un d'entre eux éclaira de sa torche le visage de la jeune fille. Surprise, elle mit une main en visière devant ses yeux.

— Que se passe-t-il ? demanda son compagnon. Que faites-vous ici ?

— Excusez-moi, monsieur, répondit une voix en français, mais n'auriez-vous pas vu quelqu'un traverser ce jardin ?

— Ce jardin ? répéta l'inconnu.

La lampe éclairait son visage mais comme il s'était levé pour avancer vers les hommes, Vivian ne voyait que son dos. Il avait lâché ostensiblement sa main, de façon que son geste ne passe pas inaperçu...

— Je n'ai vu personne, non. Qui êtes-vous pour me poser cette question ?

— La police, monsieur.

— J'ai bien peur de ne pouvoir vous aider, dit l'Anglais. Que se passe-t-il exactement ?

— Oh, un petit problème à la villa voisine.

— Mais vous, monsieur, questionna un autre policier, vous êtes là depuis longtemps ?

— Une vingtaine de minutes, à peu près. Mademoiselle et moi étions... en train de parler, voilà.

Le faisceau lumineux se déplaça de nouveau

sur Vivian, s'attardant sur ses traits ravagés par les larmes, sur ses mains tremblantes qui tenaient un petit mouchoir blanc. Les deux hommes leur adressèrent alors leur salut de rigueur.

— Mille excuses, monsieur. Bonsoir. Bonsoir, mademoiselle.

Les deux policiers retraversèrent la haie de fuchsias qui séparait les deux jardins. Le bruit de leurs pas décrut. L'inconnu se tourna alors vers Vivian.

— Merci, miss Carrow. Vous avez été parfaite.

— Qu'est-ce que tout cela signifie ?

Au lieu de lui répondre, il lui prit la main et l'aida à se lever.

— Je vais vous accompagner jusqu'à la maison, dit-il. Il est temps que vous alliez vous coucher.

— Mais enfin, dites-moi de quoi il s'agit ! Qui êtes-vous ? Pourquoi êtes-vous ici ?

— J'aimerais que vous me fassiez confiance, que vous me croyiez : je suis ici pour la bonne cause. En outre, le plus difficile vous reste à faire et je voudrais que vous acceptiez.

— Quoi encore ?

— Oubliez tout ce qui vient de se passer et n'en parlez jamais à personne. (Comme elle ne répondait pas, il ajouta :) Donnez-moi votre parole d'honneur.

Il s'exprimait sur un ton autoritaire, presque cassant, mais elle se sentit soudain au bord de l'épuisement et n'eut pas la force de lui poser d'autres questions. De toute façon, plus rien n'avait d'importance, maintenant.

— Je vous le promets, dit-elle.

Sans un mot, ils remontèrent lentement le jardin puis s'arrêtèrent au bas des marches qui menaient à la villa.

— Bonne nuit, miss Carrow. Encore merci de ce que vous avez fait et de la parole que vous m'avez donnée.

Ils échangèrent une poignée de main.

— Bonsoir, parvint-elle à articuler.

Malgré la grande faiblesse qui l'envahissait, elle ressentit la chaleur et la vitalité qui émanaient de cet inconnu.

— Ne soyez pas malheureuse. La vie est toujours une aventure, n'oubliez pas cela.

Sur ces paroles énigmatiques, il se retourna et disparut dans la nuit.

Il marchait sur l'herbe, pas sur le chemin, si bien que son départ fut aussi discret que son arrivée.

3

Vivian prit le Train Bleu pour rentrer.

Une semaine plus tôt, elle s'était rendue dans le sud de la France avec une joie sans mélange, comptant les kilomètres qui la séparaient de celui qu'elle aimait.

Était-elle bien la même aujourd'hui ? Où était la jeune fille qui ne trouvait pas le sommeil tant la hâte de retrouver l'homme de son cœur la comblait de bonheur ? Où était celle qui découvrait avec ravissement le bleu de la Méditerranée sous le soleil, sachant que pour elle, il signifiait bien plus qu'un magnifique paysage: c'était là que Jimmy l'attendait ?

Elle ne donna pas à sa tante la raison de ce départ précipité mais en rentrant de la gare, lady Dalton croisa la décapotable grise de Jimmy. Il était au volant, Marjorie Stubbs à ses côtés. Les cheveux au vent, vêtu d'une chemisette de tennis en soie blanche, il riait à gorge déployée et paraissait heureux de vivre.

Soucieuse, lady Dalton continua son chemin

sur la route de la corniche. Elle se remémorait l'expression de Vivian lorsqu'elle était descendue, le matin même, pour lui annoncer son départ. Que s'était-il passé entre ces jeunes gens qui étaient pourtant si bien assortis ?

En arrivant à la villa, elle découvrit un énorme bouquet de roses sur la table du vestibule. Il était adressé à Vivian. Immédiatement, lady Dalton pensa que Jimmy voulait peut-être se faire pardonner. Vivian ne s'était-elle pas montrée trop impétueuse en partant pour Londres sans même tenter une réconciliation ? Mais le souvenir du visage épanoui de Jimmy, sur la route, la fit douter. Elle ouvrit la petite enveloppe accrochée au bouquet. A l'intérieur, sur l'une de ces cartes de visite anonymes que l'on trouve chez les fleuristes, un seul mot, tracé d'une main ferme et assurée :

Merci.

Perplexe, lady Dalton se dirigea vers le salon. Elle allait écrire à sa nièce et joindre la petite carte à sa lettre. L'apparition de Marie, la vieille cuisinière, qui faisait irruption de la cuisine dans un état de grande agitation, l'interrompit :

— Que se passe-t-il, Marie ? interrogea lady Dalton.

— Comment ? Madame n'a donc pas entendu ? répliqua Marie avec cette impatience fébrile qu'elle manifestait dès qu'elle avait eu vent d'une nouvelle à sensation.

— Non, Marie, je n'ai rien entendu, sourit tranquillement lady Dalton, habituée aux surexcitations soudaines de Marie. De quoi s'agit-il, cette fois ?

— Madame ignore donc tout de la tragédie survenue chez ses voisins, la nuit dernière ?

La vieille femme se délectait d'être la première à lui relater les événements.

— Oui, Marie. Racontez-moi ça, dit lady Dalton en s'installant dans son salon.

Ce fut seulement le lendemain, lorsqu'elle arriva en Angleterre, que Vivian apprit ce qui s'était passé à la Villa Sebastian, cette nuit-là.

En descendant du bateau, à Douvres, elle se sentait malheureuse et fatiguée. Heureusement, personne ne l'attendait. Elle redoutait un peu que sa tante n'eût prévenu son père de son arrivée, car elle avait besoin d'un temps de répit avant d'affronter ses proches.

Durant la traversée, allongée dans sa cabine, les yeux fermés, elle s'était souvenue d'une conversation qu'elle avait eue avec Jimmy. Ils descendaient alors la rivière sur un petit bac. Vivian s'était adossée contre les coussins de coton rouge et Jimmy s'était penché sur elle pour l'embrasser.

— J'aimerais que nous nous laissions dériver ainsi à jamais, avait-elle dit.

— On finirait par s'ennuyer.

— Jamais ! avait-elle protesté.

Ses doigts s'étaient agrippés aux siens comme si elle avait eu peur de le perdre, tout à coup.

— Tu ne te lasseras jamais de moi, n'est-ce pas, Jimmy ? Promets-le-moi, avait-elle ajouté.

— Petite sotte ! avait répondu Jimmy en l'écartant légèrement de lui pour poser ses lèvres douces sur ses paupières.

— Pourquoi l'amour doit-il toujours s'émousser ? lui avait-elle demandé un peu plus tard. L'habitude le grignote peu à peu et la morosité s'installe.

— Parce que les gens ne s'aiment pas assez.

Sur le moment, la jeune fille s'était satisfaite de la réponse de Jimmy. A présent, dans le train qui la ramenait chez elle, elle ne cessait d'y repenser. Était-il possible qu'elle ne l'ait pas aimé suffisamment ? Cette question la hantait. Au fond d'elle-même, elle savait que les sentiments qu'elle lui avait inspirés n'étaient pas assez profonds. Mais comment pouvait-on se lier à une femme pour l'argent plutôt que par amour ?

L'argent ! L'argent ! Ce mot haïssable martelait son esprit sans relâche. Incapable de chasser ces pensées, elle finit par ouvrir le journal qu'elle avait acheté à la descente du bateau. Elle essayait vainement de se concentrer sur sa lecture quand, imprimé en caractères gras sur la page centrale, un titre lui arracha une exclamation de stupeur :

MORT DE DHILANGI À MONTE-CARLO

D'après l'article, les policiers de Monte-Carlo avaient trouvé le corps du célèbre révolutionnaire indien dans le jardin de la Villa Sebastian, mercredi, à l'aube ! A cause du revolver découvert près de la victime, ils penchaient pour la thèse du suicide. Les sérieux problèmes financiers que connaissait dernièrement M. Dhilangi expliquaient peut-être son geste. D'après les administrateurs du casino, il avait perdu gros, la nuit de sa mort. Malgré l'aide et le soutien de ses amis, tout donnait à penser que son tempérament fougueux d'Oriental ne lui avait pas permis de faire face à ses déconvenues. Une enquête était en cours.

Vivian relut attentivement l'article. Sa tête la faisait souffrir, tant elle se concentrait. Elle était seule dans le compartiment. Elle descendit du porte-bagages l'une de ses grosses valises que le porteur y avait installée, et l'ouvrit.

Grâce aux bons soins de la femme de chambre de lady Dalton, tout s'y trouvait soigneusement plié et rangé. Elle souleva les feuilles de papier de soie séparant chaque pile de vêtements et découvrit très vite ce qu'elle cherchait : la robe du soir blanche qu'elle portait la nuit précédente, au casino. Elle la déplia et la tint à bout de bras, devant elle.

Sur le côté droit de la jupe, au niveau du genou, se trouvait ce qu'elle cherchait : une petite marque que l'étranger qui l'avait abordée y avait laissée, quand il s'était assis près d'elle pour lui parler. Une tache de sang...

Attablé devant son petit déjeuner, son père leva la tête à son entrée et lui adressa un sourire affectueux. Vivian pressa sa joue contre la sienne avant de se diriger vers la desserte où les plats en argent étaient gardés au chaud.

— Je crains d'avoir mangé tous les œufs, dit son père.

— Ce n'est pas grave, je n'ai pas faim.

Elle se servit un café et s'installa à sa place. Son père suivait tous ses mouvements d'un regard où perçait l'inquiétude.

En tant que minéralogiste et cartographe, le Pr. Carrow était un homme très demandé. Grâce à son travail, il parcourait le monde entier, visitant les endroits les plus divers et les plus singuliers. Ces dernières années, il avait refusé les voyages où il ne pouvait emmener Vivian, et aucun argument, pas même celui de l'argent, ne l'avait fait revenir sur sa décision.

Drôle d'éducation pour une jeune fille mais, par certains côtés, ce fut un apprentissage très utile puisqu'elle avait appris à se débrouiller seule quelles que soient les circonstances. Elle avait dormi contre un sac de ciment sur la plage de Waikiki, préparé d'appétissants repas au fin fond du Sahara et appris à s'exprimer dans d'étranges dialectes. Mais c'était toujours au Manoir qu'elle retrouvait le calme et le repos, et qu'elle pouvait puiser des forces neuves avant de repartir pour de nouvelles aventures.

Et puis, Jimmy Loring était venu bouleverser sa vie. On ne dîna plus aux mêmes heures, la chambre d'ami fut rénovée. Des éclats de rire et des bavardages insouciants vinrent interrompre le professeur dans ses recherches. Compréhensif, il se garda de faire la moindre réflexion à Vivian.

Il ne dit rien non plus, ce matin-là, quand sa

fille rentra, profondément changée, le visage défait, refoulant avec peine les larmes qui lui perlaient aux paupières.

— Qu'aimerais-tu faire, aujourd'hui ? lui demanda le professeur. Je pourrais faire l'école buissonnière et t'emmener quelque part, cet après-midi.

Vivian secoua la tête.

— Non, merci, papa. J'ai du raccommodage en retard. Je m'installerai dans le jardin pour le finir.

Avec un léger soupir, le professeur prit les lettres posées près de son assiette, avec son journal. Vivian venait de rejeter son offre et il ne savait comment rompre la tension qui venait de s'installer entre eux.

Les premières enveloppes contenaient des factures qu'il passa à Vivian. Elle s'occupait de sa comptabilité. La troisième lettre retint toute son attention. Il la relut à plusieurs reprises avant de rompre le silence, d'une voix grave, chargée d'appréhension.

— Ceci est de la plus haute importance, ma chérie. Et je ne sais que dire...

— De quoi s'agit-il ? s'enquit Vivian en levant les yeux des comptes qu'elle commençait déjà à vérifier.

— On me demande de me rendre dans un pays tout à fait inattendu.

— Où ? interrogea-t-elle, sa curiosité en éveil.

Le professeur hésita et relut à nouveau sa lettre avant de répondre.

— Dis-moi, papa ! s'impatienta-t-elle. Nous devons partir bientôt ?

— Je ne sais que penser, et je ne crois pas que cela nous concerne tous les deux...

— Que veux-tu dire ?

— Je veux dire que si j'accepte cette proposition — quelque peu extraordinaire — il ne saurait être question que tu m'accompagnes.

— Tu vas donc refuser, dit-elle tranquillement.

— Toute la question est là, justement. Je crains que ce ne soit pas possible. On me demande en quelque sorte d'accomplir une mission pour l'Angleterre, et quelqu'un du ministère de la Guerre doit passer me voir demain.

Il baissa à nouveau les yeux sur la missive.

— Mon Dieu, non ! C'est aujourd'hui qu'il arrive ! Un certain capitaine Hastings. Alexander Hastings. Il est chargé de tout m'expliquer.

— Et on ne te dit pas où l'on t'envoie ? interrogea Vivian.

— Au Tibet.

— Au Tibet ! Je croyais que ce pays refusait systématiquement de laisser entrer les étrangers.

— Oui, et c'est pourquoi nous devons attendre ce capitaine Hastings.

Vivian se leva.

— Va-t-il déjeuner avec nous ?

— Sans doute, ma chérie : son avion atterrit à midi — si le temps le permet, bien sûr.

— Et il faut qu'il arrive le jour du hachis Parmentier ! dit Vivian. Je ferais mieux de voir avec Nanny si nous ne pouvons pas changer le menu.

Au moment de franchir la porte, elle s'arrêta

et regarda son père. Visiblement préoccupé, les lunettes au bout du nez, il considérait à nouveau la lettre qu'il venait de recevoir.

— Papa ? fit-elle d'une voix claire et ferme.

— Oui, ma chérie ? répondit-il en levant les yeux.

— Je pars avec toi, que tu ailles au Tibet, à Tombouctou ou au bout du monde. Je ne changerai pas d'avis.

Un sourire éclaira soudain le visage de la jeune fille, lui redonnant, comme par magie, son éclat habituel. Sans laisser à son père le temps de répliquer, elle lui envoya un baiser et sortit.

Durant plusieurs minutes, le professeur, profondément absorbé, regarda sans les voir les murs tapissés de la salle à manger. Puis il se leva et se dirigea lentement vers son bureau. Il prit son atlas et chercha ce pays mystérieux, pratiquement inconnu, situé au nord de l'Inde. Il sortit ensuite une coupure de journal de son tiroir. On y annonçait, sur le mode du sensationnel, que le dalaï-lama du Tibet, la réincarnation du Bouddha et le gouverneur en titre de trois millions de personnes, était mort.

Toute la matinée, le professeur compulsa livres et cartes, mais il ne trouva pas grand-chose qu'il ne sût déjà sur cet étonnant pays. Peu avant midi, il entendit avec soulagement le bruit d'un aéroplane. Quelques minutes plus tard, l'appareil atterrissait dans une prairie proche de la maison.

Vivian rejoignit son père et ils traversèrent le

jardin, puis les champs. Le pilote se hissait hors de l'avion et enleva son casque. La jeune fille saisit soudain le bras de son père.

— Papa, tu dois me promettre une chose.

— Quoi donc, ma chérie ?

— Eh bien, si tu dois partir, avec ou sans moi, tu dois demander à être accompagné. Il te faut quelqu'un pour transcrire tes cartes.

— Oh, je m'en sortirai très bien, tu sais. C'est vrai qu'avec toi j'avais perdu l'habitude de le faire moi-même, mais je reprendrai très vite les bonnes vieilles habitudes.

— Promets-moi de demander quelqu'un, insista-t-elle. J'ai mes raisons.

Après une brève hésitation, le professeur acquiesça. L'aviateur se rapprochait d'eux. Brun, les cheveux rejetés en arrière, le front haut et le regard ténébreux, le capitaine Hastings était taillé en athlète. Il serra la main du professeur puis celle de Vivian.

— Désolé de surgir à l'improviste, dit-il. J'imagine que vous venez seulement de recevoir la lettre de mon supérieur. J'espère que je ne bouleverse pas vos projets ?

— Nous menons une vie plutôt calme, ici, répondit le professeur. Vous aviez toutes les chances de nous trouver.

— Sinon, j'aurais attendu votre retour, répliqua plaisamment le capitaine.

Tandis qu'ils marchaient tous les trois vers la maison, Vivian observa l'inconnu avec curiosité. Elle avait la vague impression de l'avoir déjà rencontré, mais où ? Il émanait de lui une surprenante vitalité, et ses manières avaient quelque chose de très direct.

Légèrement vexée qu'il ne s'adresse qu'à son père, Vivian glissa :

— J'ai dressé un couvert pour vous, capitaine Hastings. J'espère que votre entretien avec mon père ne durera pas plus d'une heure.

— Je crains hélas de ne pouvoir me joindre à vous, miss Carrow. Je dois regagner Londres dès que j'aurai parlé au professeur.

— Pas question ! s'interposa ce dernier. Je tiens à ce que vous déjeuniez avec nous, mon cher. Vous n'allez pas repartir l'estomac vide !

— Je n'ai pas le choix, à moins que miss Carrow n'accepte de me préparer quelques sandwichs. Ce serait très gentil de sa part.

Sa façon de lui sourire en s'adressant à elle à la troisième personne contraria la jeune fille. Ce jeune homme était trop sûr de lui et sans doute trop habitué à mener sa vie comme il l'entendait, sans se soucier des autres.

Elle avait perdu sa matinée à confectionner un repas différent de l'ordinaire, et la suffisance de cet inconnu l'irritait. Mais ce qui l'agaçait surtout, c'était de ne pas comprendre pourquoi il lui semblait l'avoir déjà vu quelque part.

— Très bien, dit-elle. Je vous ferai des sandwichs, si vous préférez.

Et, sans attendre ses remerciements, elle se dirigea vers la cuisine. Elle se hâta de charger Jane de cette besogne pour gagner le jardin à pas de loup.

La fenêtre de la bibliothèque étant ouverte, elle

pourrait entendre leur conversation. Sans un bruit, elle s'approcha tout près, prit un coussin de jardin et s'assit contre le mur.

— Nous n'avons pas oublié l'excellent travail que vous avez fait pour nous en Afrique, ainsi qu'après la révolution chinoise, disait le capitaine Hastings.

— C'était il y a longtemps, remarqua le professeur.

— Je sais. Mais depuis, seules d'infimes modifications ont été portées sur vos cartes. Une ville abandonnée, ici ou là, ou légèrement déplacée à cause du cours d'un fleuve. Vous demeurez inégalable dans votre spécialité.

— Je trouve cela bien triste, voyez-vous. Il faut que les jeunes prennent la relève. Je commence à sentir le poids des années, pour ma part.

— Mais il n'y a personne d'autre, dit le capitaine Hastings. C'est pourquoi je suis là : pour vous demander de nous rendre ce grand service. Dresser une carte du Tibet est un travail énorme qui nécessite aussi de solides connaissances en minéralogie. Vous seul les possédez, et elles sont de la plus haute importance, en ce qui concerne cette mission.

— Si vous commenciez par le commencement ? intervint le professeur.

— Vous avez raison...

Vivian ne perdit pas un mot de la conversation. Une exclamation de stupeur faillit même lui échapper. Elle avait sursauté et se serait trahie si elle ne s'était souvenue à temps qu'elle n'était pas censée se trouver là. Car en écoutant la voix du capitaine, elle s'était rendu compte qu'effectivement elle l'avait déjà rencontré. Elle n'avait jamais vu son visage, mais, à présent, elle savait qui il était.

C'était l'inconnu qui avait surgi au cœur de la nuit, sous la tonnelle, à Monte-Carlo.

4

— Il nous faut remonter au tout début du siècle, disait le capitaine Hastings. A l'époque, la Russie, tout comme l'Angleterre, caressait l'espoir de tirer profit du sous-développement du Tibet.

Il sourit avant de poursuivre :

— Vous vous rappelez sans doute le dénommé Dorgieff, ce Russe qui fit croire au dalaï-lama que le tsar et tout l'empire russe allaient se convertir au bouddhisme et se placer sous la tutelle spirituelle de Lhassa.

— Quelle tromperie !

— Oui, un tissu de mensonges, et le dalaï-lama retourna d'ailleurs sans les ouvrir les lettres que lui avait adressées le vice-roi des Indes. Inquiets, les Anglais finirent par envoyer une expédition à Lhassa. Après avoir envahi Gyang-tse, ils séjournèrent dans la capitale mais ne tardèrent pas à découvrir que le dalaï-lama s'était réfugié en Mongolie. Finalement, des traités furent conclus : la Russie et l'Angleterre acceptèrent de ne pas s'immiscer dans le gouvernement du Tibet. Cependant, nous conservions nos positions dans certains comptoirs commerciaux dont Gyang-tse, qui se trouve à près de deux cent cinquante kilomètres à l'intérieur du pays.

— Je m'en souviens, nota le professeur.

— Dès lors, le Tibet retomba dans un marasme total dont il n'est jamais sorti depuis. L'essor des trente dernières années ne l'a pas touché. C'est un pays isolé, fermé au tourisme, à part de rares Chinois. Difficile de concevoir qu'un tel pays existe aujourd'hui, non ? Quand on pense que l'on peut atterrir en Australie ou en Inde, que l'on peut téléphoner à Los Angeles ou au Cap et qu'il n'existe aucune carte de cet immense partie de l'Asie... Mais nos préoccupations vont au-delà de ces cinq millions de personnes qui vivent en marge du monde civilisé.

Le capitaine Hastings s'interrompit et Vivian entendit son père remuer dans son fauteuil.

— Une cigarette ? proposa ce dernier. Continuez, je vous en prie, vous m'intéressez.

— Comme vous avez dû le voir dans les journaux, poursuivit le capitaine, le dalaï-lama est mort. Les lamas doivent alors trouver sa réincarnation durant l'année en cours ou la suivante. Ce n'est pas facile. L'enfant doit naître avec certaines marques sur son corps, notamment une sorte d'empreinte de coquillage sur l'une de ses paumes. Politiquement, les monastères, à qui appartiennent la plupart des terres, ont intérêt à ce qu'on le trouve sur leur territoire. Je vous laisse imaginer les problèmes que cela entraîne et les morts qui surviennent dans ces querelles intestines. Très peu de dalaï-lamas atteignent leur majorité : les régents détestent renoncer à l'exercice du pouvoir et il n'est pas rare de voir les dalaï-lamas mourir à l'âge de dix-sept ans. Les Tibétains excellent dans l'art du poison ; et certaines des substances utilisées sont inconnues en Europe.

« Avant l'expédition Younghusband, ils utilisaient des flèches empoisonnées. Aujourd'hui, ils ont une armée munie de fusils si habilement copiés sur les nôtres qu'on ne peut différencier les vrais des faux.

Le professeur sourit.

— J'en arrive à ce qui nous intéresse, professeur, reprit le capitaine Hastings. Le dernier dalaï-lama n'a rien fait pour le développement de son pays ni pour utiliser les énormes richesses minérales qui dorment là-bas. Les paysans vivent dans des conditions misérables : leur terre leur fournit à peine de quoi subsister.

« Le dalaï-lama a jalousement préservé sa souveraineté spirituelle et temporelle en se fermant au monde matériel qui l'entourait. Depuis sa mort, il y a deux ans, certains moines des monastères les plus importants ont commencé à entrevoir les avantages qu'ils pourraient tirer des ressources naturelles de leur pays.

— C'était inévitable, remarqua le professeur.

— La Russie fait depuis longtemps les yeux doux au Tibet. Elle sait quelles richesses abrite ce pays voisin et il lui serait très facile d'ouvrir ses frontières communes. Nous savons que des négociations secrètes sont actuellement en cours entre l'un des plus importants monastères tibétains et un comptoir russe. Mais il nous est très difficile d'en savoir plus, car implanter un réseau d'espionnage dans un pays dont nous n'avons pas même une carte est impossible. Des bandits ont risqué leur vie pour établir des cartes pour la mission Younghusband. Ils se sont introduits dans le pays déguisés en religieux ou en marchands afin d'effectuer les premiers relevés sur le terrain.

« Vous connaissez certainement leur histoire. Leurs moulins à prières dissimulaient les relevés et ils parcouraient le Tibet en se servant de leurs chapelets pour mesurer les distances.

Le professeur sourit à nouveau.

— Avec ces moyens de fortune, ils ont accompli un travail étonnant, remarqua le capitaine Hastings. Étonnant mais totalement imprécis, vous vous en doutez. Bien entendu, personne ne connaît exactement l'emplacement des gisements d'or. D'après ce que l'on sait, il y en aurait assez pour inonder le marché mondial et causer l'effondrement des cours. Mais cela demande à être vérifié.

« Une seule chose est sûre : la Grande-Bretagne ne tolérera pas que ses relations pacifiques avec le Tibet soient menacées. Voilà pourquoi nous faisons appel à vous, professeur.

— Mais puisque aucun étranger n'est admis là-bas ? ..

— Effectivement, c'est un problème, mais comme je vous l'ai dit, un important comptoir anglais se trouve à Gyang-tse, à deux cent cinquante kilomètres à l'intérieur du pays, non loin du monastère qui constitue, pour l'heure, le danger le plus préoccupant. Et c'est justement dans cette région que se situeraient de nombreuses mines, d'après nos renseignements. Nous devons savoir où elles se trouvent.

« Alors voilà notre idée : nous vous fournissons un laissez-passer pour Gyang-tse en tant qu'invité de M. Andrews, l'agent de commerce anglais. Jusque-là, ce n'est pas très difficile. Vous emprunterez la route des caravanes qui relie la frontière à la ville. Une fois sur place, à vous de jouer pour explorer les environs. C'est là que les choses risquent de se compliquer, je ne vous le cache pas, mais plusieurs hommes seront à votre disposition pour vous aider, nous y avons veillé.

— Quand voulez-vous que je parte ? demanda le professeur.

— Tout de suite. Septembre est la période idéale pour traverser le Sikkim. Et puis, il n'y a pas de temps à perdre ; mieux vaut prévenir que guérir, dans ce genre d'affaires. Nous ignorons ce qui se trame mais nous devons être prêts à toute éventualité. Il faut étouffer le complot dans l'œuf. Tous nos espoirs reposent sur vous, professeur. Vous êtes le seul à pouvoir exécuter ce travail.

Un long silence suivit. L'atmosphère était extrêmement tendue. Vivian imaginait le capitaine Hastings un peu raide, attendant avec une impatience contenue la réponse de son père. Ce dernier, le menton dans la main, fronçait les sourcils.

— Vous ne pouvez pas me donner un peu de temps pour y réfléchir ? demanda-t-il au bout de quelques minutes.

— Malheureusement non, monsieur. Il nous faut déjà obtenir votre laissez-passer sans avoir l'air trop pressés. Nous ne pouvons risquer d'éveiller les soupçons. Plus ce voyage paraîtra banal, mieux cela vaudra. Je sais, bien sûr, que ce déplacement occasionnera certains préparatifs qui prendront du temps. Le plus gros de vos bagages pourrait par exemple être acheminé par bateau, sur le *Corinthia* qui part pour Calcutta lundi. Pour vous rendre en Inde, mieux vaudrait que vous preniez l'avion, ce serait plus discret. Nous tenons, en effet, à éviter toute publicité autour de votre destination.

« Vous passerez par le Sikkim pour atteindre la frontière. C'est un état semi-indépendant, mais qui a aussi ses espions. S'ils venaient à remarquer quelque chose d'inhabituel, ils s'empresseraient d'en informer Lhassa.

Le professeur se leva en soupirant.

— Très bien, capitaine Hastings. J'accepte. Je vous laisse vous charger des formalités.

— Je ne vous remercierai jamais assez, monsieur. Je repars pour Londres immédiatement, avec la bonne nouvelle.

— Ah, j'allais oublier ! ajouta le professeur. Je tiens à emmener mon assistante. Oui, ma vue baisse avec l'âge et je ne peux me charger moi-même du tracé des cartes.

— J'ai bien peur que...

— Sans mon assistante, je ne vous serais d'aucune utilité, l'interrompit le professeur.

Le capitaine Hastings émit un soupir qui n'échappa pas à Vivian.

— Bon, puisque vous insistez... Mais avez-vous quelqu'un de suffisamment fiable ? Tout ce que je viens de vous dire est entièrement confidentiel, bien sûr. La moindre indiscrétion ruinerait nos espoirs, sans parler de la situation périlleuse dans laquelle nous nous retrouverions. Le secret le plus total doit être préservé.

— Cela va sans dire, assura le professeur. Mais laissez-moi au moins vous offrir un verre avant de repartir, ajouta-t-il après une pause. Je vais voir si vos sandwichs sont prêts.

Vivian entendit la porte de la bibliothèque s'ouvrir et se refermer. Pliée en deux, elle tenta de quitter sans bruit sa cachette, mais à peine avait-elle fait quelques pas qu'une voix la fit violemment sursauter.

— Est-ce que vous écoutez toujours les conversations de votre père, miss Carrow ? lui demanda le capitaine Hastings, nonchalamment assis sur le rebord de la fenêtre.

Vivian se retourna lentement. Sans se démonter, elle soutint le regard ironique qui la fixait.

— Cela lui évite de perdre son temps à me raconter toute l'histoire ensuite, rétorqua-t-elle froidement.

— Dans ce cas, pourquoi n'avez-vous pas carrément assisté à notre entretien ? J'ai d'ailleurs failli vous y convier : je vous avais entendue dès le début. Je crains que vous ne soyez pas très douée pour l'espionnage, miss Carrow.

La colère enflamma le visage de Vivian.

— J'espère bien ne jamais tomber aussi bas !

Le capitaine Hastings haussa les sourcils et l'observa plus attentivement. Une lueur amusée éclairait ses yeux sombres.

— Désolé que vous n'ayez pas reçu mes fleurs.

Vivian s'efforça d'ordonner ses pensées. Devait-elle lui dire qu'elle l'avait reconnu ? Deux jours après son retour, sa tante lui avait fait parvenir la carte accompagnant le bouquet. Mais, anéantie par le chagrin, Vivian s'était contentée de la jeter dans la corbeille à papiers.

— Ainsi c'était vous ? fit-elle enfin d'un air détaché. Je m'en doutais un peu.

— Je sais me montrer reconnaissant envers ceux qui font ce que je leur demande, répondit-il avec un sourire.

— Et les gens agissent souvent selon vos désirs ?

— Toujours, miss Carrow.

Cet homme était décidément très sûr de lui, songea Vivian qui commençait à le trouver insupportable.

— J'espère qu'un jour vous serez déçu, répliqua-t-elle. La vie se chargera de vous remettre à votre place, tôt ou tard.

— Désolé de vous contredire mais pour l'instant, ma bonne étoile ne semble pas pressée de me laisser tomber. Au contraire.

— Cessez donc de vous encenser. Si mon père a accepté de faire ce que vous lui avez demandé, c'est uniquement parce qu'il estime de son devoir de servir son pays.

— Mais bien sûr, fit-il.

Le bruit de la porte de la bibliothèque interrompit leur échange. Le capitaine Hastings se releva d'un bond et disparut à l'intérieur de la pièce.

— Merci beaucoup, l'entendit-elle dire. Vous n'auriez pas dû vous déranger ainsi.

Vivian regagna lentement le devant de la maison, s'arrêta un instant et regarda le champ où s'était posé l'avion qui attendait le capitaine Hastings. Puis elle se détourna et remonta dans sa chambre.

« Cet homme est impossible », se dit-elle devant le miroir, en arrangeant ses cheveux d'une main experte.

Quelques minutes plus tard, elle entendit l'avion décoller. Elle se hâta aussitôt de redescendre. Pour la première fois depuis son retour, un sourire presque heureux flottait sur ses lèvres. Dans la bibliothèque, son père était assis dans son fauteuil préféré, sa pipe à la bouche, l'air soucieux. Elle enroula ses bras autour de son cou et posa un baiser sur son crâne dégarni.

— Mon petit papa, il ne nous reste plus qu'à organiser notre plan ! lança-t-elle gaiement.

— Il est hors de question que tu m'accompagnes, Vivian.

— Lundi, je partirai par la mer avec les bagages encombrants. Toi, tu prendras l'avion et nous nous retrouverons à Darjeeling. Officiellement, je vais séjourner chez notre cousin, le colonel Humphreys, ce vieux raseur. Ce n'est pas compliqué, j'ai déjà pensé à tout.

— C'est tout à fait exclu, trancha le professeur.

La jeune fille s'éloigna un peu et se tourna vers la fenêtre.

— Papa, reprit-elle calmement au bout d'un moment, tu sais pourquoi je suis rentrée de Monte-Carlo ?

— Non, mais je savais que tu m'en parlerais toi-même.

— Eh bien, je suis rentrée parce que Jimmy Loring va épouser Marjorie Stubbs.

Sa voix s'était légèrement brisée sur les derniers mots mais elle pivota pour faire face à son père.

— Tu ne comprends donc pas ? continua-t-elle. Je ne veux pas être en Angleterre quand il reviendra. Et encore moins quand ils se marieront. Tout le monde en parlera... leur photo fera la une de tous les journaux...

Des larmes plein les yeux, elle s'interrompit et s'agenouilla près de son père. Il la prit tendrement dans ses bras et la laissa pleurer contre son épaule.

— Tu comprends, maintenant, papa chéri ?

Le professeur ne répondit pas mais il la serra plus fort contre lui. Alors Vivian comprit que, malgré toutes les difficultés qu'il leur faudrait surmonter, son père l'emmènerait avec lui au Tibet.

5

Une foule bigarrée se hâtait de franchir la passerelle dangereusement inclinée menant sur le pont du bateau, où des stewards en uniformes blancs les accueillaient. Des officiers arborant leurs galons dorés se chargeaient de recevoir les personnages importants qui montaient à bord.

— Tu avais raison, tu sais, remarqua Vivian, en les observant du salon.

— A quel sujet ? s'enquit le professeur.

— Les gens ont peur de se déplacer. Nous en parlions lors de notre dernier séjour à l'étranger. Tu affirmais que le voyage est l'une des innovations de ce siècle mais que la plupart des gens éprouvent encore quelque appréhension à l'idée de quitter leur pays.

Le professeur émit son petit rire grave et bref, si caractéristique.

C'était le moment des adieux. Ceux qui ne partaient pas allaient devoir regagner la terre ferme. Les pensées de Vivian s'assombrirent brusquement. Elle avait trois semaines de traversée devant elle et elle ne connaissait absolument personne sur ce bateau.

— J'aurais tant aimé que tu restes, papa chéri. J'ai hâte de me lancer dans notre nouvelle aventure. Le temps va me paraître bien long !

— Ne parle pas trop fort, murmura le professeur. Tu ne peux pas savoir à quel point je me sens coupable de t'entraîner dans une mission aussi risquée.

— Ne commence pas à t'inquiéter, mon petit papa. Tout se passera très bien, tu verras.

— En tout cas, si je pressentais le moindre danger, je me réserve le droit de te renvoyer en Angleterre, à tout moment.

— Et tu serais obligé de revenir aussi, car je ne te laisserai pas continuer tout seul ! répondit fermement Vivian.

Le professeur soupira.

— Je crains de ne pas t'avoir très bien élevée. J'aurais dû me montrer plus ferme avec toi.

Vivian éclata de rire, jeta ses bras autour de son cou et l'embrassa affectueusement.

— Je ne veux pas attendre la dernière minute pour t'embrasser. La sirène sonne déjà.

Ils se dirigèrent lentement vers la porte du salon où ils s'effacèrent pour laisser passer un officier suivi d'un groupe d'Indiens enturbannés.

— Qui peuvent-ils bien être ? demanda Vivian.

Au même moment, un jeune homme d'environ vingt-cinq ans, vêtu à l'européenne, se détacha du groupe et s'adressa au professeur.

— Professeur Carrow ! s'exclama-t-il en lui serrant la main. Comment allez-vous ? Je ne m'attendais pas à avoir le plaisir de voyager en votre compagnie sur ce bateau !

— Vous ne l'aurez pas car je reste à terre. Comment va votre père ?

— Très bien. Il fêtera son jubilé l'année prochaine mais les préparatifs vont déjà bon train. On astique les bijoux d'apparat et on apprête les éléphants.

— Je ne crois pas que vous connaissiez ma fille, dit le professeur. Vivian, je te présente le prince Kowa. Je ne sais pas si tu t'en souviens, mais il y a quelques années, j'ai séjourné chez son père, le khan de Bhulusta.

Le prince se tourna vivement vers Vivian.

— Nous vouons à votre père une reconnaissance absolue. Grâce à son travail et à la découverte de plusieurs mines de saphirs, Bhulusta est devenue prospère.

— Vous êtes très gentil, murmura le professeur. Parlez-moi un peu de vous, mon garçon. Que faites-vous ici ?

— J'ai mis des années à persuader mon père de me laisser venir visiter l'Angleterre. J'avoue que le déplacement en valait la peine.

— Apparemment, vous n'avez pas abandonné l'anglais.

— Oh, vous vous souvenez de mon vieux précepteur écossais ! fit le prince en riant. Il s'occupe de mon frère cadet, à présent. Ainsi vous allez débarquer ?

— Oui, ma fille voyagera seule, cette fois. Elle va à Calcutta.

— J'aurai donc l'honneur de la revoir, dit le prince en s'inclinant légèrement.

Il porta ses yeux noirs sur Vivian, prit congé du professeur, et alla rejoindre sa suite.

— Il parle incroyablement bien anglais, dit Vivian à son père, tandis qu'ils descendaient vers le pont inférieur.

— Son père est un vieil homme plutôt rigide. Aveuglé par ses préjugés contre l'Europe, il est résolument opposé à tout progrès. Heureusement, ses enfants refusent de suivre sa voie. Son fils aîné, qui est marié, passe plusieurs mois de l'année à Paris. Quant à Kowa, il a toujours été un garçon indiscipliné. Je ne suis pas surpris qu'il soit parvenu à ses fins. Le khan se fait vieux. Gouverner ne doit pas lui laisser le temps de s'occuper des frasques de ses enfants.

— C'est un bon souverain ?

— Pas vraiment. Je me souviens qu'à Bhulusta, je me sentais totalement isolé du monde, comme hors du temps. Je t'en avais parlé, d'ailleurs.

— Oui, je t'enviais et j'étais furieuse de n'avoir pu t'accompagner !

— Tout le monde à terre ! annoncèrent les stewards en pressant le mouvement vers la passerelle de débarquement.

Les femmes pleuraient tandis que les hommes s'efforçaient de rester enjoués et masquaient leurs émotions, comme tout Britannique se doit de le faire. Des enfants hurlaient des messages inintelligibles à leurs parents accoudés à la balustrade tandis que les matelots relevaient les passerelles.

— Au revoir, ma chérie, dit le professeur à Vivian en la serrant contre lui pour une dernière étreinte. Fais bien attention à toi, et que Dieu te protège.

La jeune fille regarda son père s'éloigner lentement. Cette séparation la bouleversait mais elle retint ses larmes.

— Au revoir ! cria-t-elle.

Le fracas des passerelles qui retombaient sur le quai couvrit ses paroles. Avec une extrême lenteur, le bateau glissa vers la haute mer. Vivian agita brièvement son mouchoir et regagna sa cabine bien avant les autres passagers. Elle n'était pas vraiment superstitieuse mais elle se refusait à attendre qu'un train, un bateau ou quelqu'un qu'elle aimait disparaisse de sa vue. Le professeur, qui connaissait bien sa fille, s'apprêtait déjà à se diriger vers la station de taxis pour retourner à la gare où il prendrait le train pour Londres.

Le père et la fille avaient préparé dans les moindres détails leur emploi du temps pour les trois semaines à venir. Si tout se passait bien et s'ils franchissaient les frontières sans encombre, ils se retrouveraient au Tibet. Dès lors que le professeur avait accepté d'emmener Vivian, il l'avait étroitement associée à toute l'élaboration de leur mission afin d'éviter le moindre faux pas.

Une fois à Calcutta, Vivian se rendrait directement à Darjeeling où le professeur la rejoindrait en avion, muni de leurs laissez-passer pour le Sikkim et de ceux qu'il aurait obtenus des autorités tibétaines pour visiter Gyang-tse.

De son côté, le capitaine Hastings n'avait pas perdu de temps. Dès son retour à Londres, son chef avait téléphoné au professeur pour lui demander de venir le voir au plus tôt. Quand ce dernier lui avait dit que sa fille avait déjà organisé un voyage en Inde et qu'elle se proposait de s'embarquer dès le lundi avec ses bagages encombrants en attendant qu'il la rejoigne par avion, son interlocuteur s'était montré impressionné.

— Il trouve ton idée excellente, avait confié le professeur à sa fille, en lui relatant leur conversation. Je risquerai moins d'éveiller les soupçons quand je passerai les différentes frontières. Pendant ce temps, tu achemineras les compas, les sextants et les appareils photo en toute quiétude.

— Finalement, ils sont bien contents de se servir de moi !

— Ce qui n'est pas mon cas. Je n'ai pas fini de me faire du souci... Enfin, j'espère au moins que tu retrouveras le sourire.

Vivian rougit et s'efforça de soutenir le regard de son père.

— Je te le promets. Dès que j'aurai quitté l'Angleterre, j'oublierai tout. Le passé sera mort et enterré.

Mais c'était plus facile à dire qu'à faire et en voyant les côtes d'Angleterre disparaître au loin, elle eut un pincement au cœur.

Après le dîner, elle revêtit un manteau épais et sortit sur le pont. Du salon illuminé s'échappaient les bruits des voix et les rires des danseurs qui évoluaient au son de la musique. Les hublots du bar étaient restés ouverts ; elle entendait le cliquetis des verres et celui, plus mat, des glaçons qu'on agite dans les shakers. Entourée de l'immensité de la mer et du ciel, Vivian se sentait toute petite, seule et un peu perdue. Jimmy lui manquait cruellement, tout à coup.

Elle s'efforça de chasser ces émotions qui menaçaient de la submerger en se rappelant qu'il l'avait trahie. Il l'avait profondément déçue en l'abandonnant pour la richesse et non l'amour d'une autre.

« Mon Dieu, pria-t-elle silencieusement, aidez-moi à oublier ! »

Elle leva son visage vers le ciel d'encre qui l'enveloppait et ferma les yeux, se laissant bercer par le clapotement des vagues contre les flancs du bateau. Une voix toute proche lui parvint alors, une voix douce et pleine de charme, teintée d'un léger accent étranger.

— Puis-je vous parler, miss Carrow, ou bien dois-je vous laisser à votre agréable rêverie ?

Vivian sursauta. Le prince Kowa se tenait tout près d'elle.

— Vous êtes très belle quand vous êtes triste, dit le prince avec une certaine gravité. Quoique vous soyez très belle aussi quand vous souriez... Je ne saurais dire comment je vous préfère.

Vivian rit. Elle était étendue sur une chaise longue, le prince à ses côtés. Ils avaient atteint la Méditerranée mais le vent qui soufflait sur le pont était encore froid et ils avaient dû s'envelopper dans une couverture.

— Ne soyez pas ridicule, répondit-elle en souriant.

— Pourquoi les Anglaises protestent-elles toujours quand on leur fait des compliments ? En revanche, si on leur dit des méchancetés ou si on les critique, elles répondent : « J'ai bien peur que vous n'ayez raison », ou bien : « Merci de votre franchise. » Et elles contestent cette même franchise quand elle s'exprime en leur faveur ! C'est très différent dans mon pays.

— Je crois que la flatterie est toujours embarrassante, répondit Vivian. Chez nous, les hommes ne nous ont pas habituées aux louanges.

— Je ne comprends pas les Anglais ! A part votre père, et mon précepteur, bien sûr. Ils sont formidables et constituent pour moi une référence incontestable. Mais ils sont vieux, je voulais parler des jeunes gens de mon âge. A Bhulusta, lorsque l'on choisit une femme et qu'on l'épouse, on l'aime pour la vie. Mais en Angleterre, que font vos hommes ? Ils passent leur temps à jouer au golf ! Ils sacrifieraient n'importe quelle femme pour une partie de golf. A croire que vos greens sont jaloux !

— Combien de temps êtes-vous resté en Angleterre ?

— Quatre mois.

— Et cela vous a suffi pour nous juger aussi sévèrement ?

— Vous avez bien une opinion sur mon pays, même si vous n'y êtes jamais allée.

— Peut-être.

— Et elle serait fondée, bien sûr, car vous êtes anglaise et que le jugement d'un Anglais est toujours correct, même s'il ne sait pas de quoi il parle. Mais si un étranger s'avise d'exprimer son point de vue, il est présomptueux, n'est-ce pas ?

— Au risque de me répéter, ne soyez pas ridicule, dit mollement Vivian. J'ai trop sommeil pour discuter.

Elle ne prenait pas le prince très au sérieux. Ses jugements hâtifs l'amusaient plutôt. Il était jeune, impétueux, et passablement influencé par les préjugés de son peuple à l'égard des Occidentaux. Mais sa présence l'aidait à trouver le temps moins long. De son côté, il ne lui cachait pas l'attrait qu'elle exerçait sur lui et il recherchait inlassablement sa compagnie.

Le prince Kowa était un bavard impénitent mais il distrayait Vivian. Sans lui, elle serait restée des heures plongée dans ses pensées. Les Anglo-Indiens, les femmes de colonels et les planteurs de thé qui constituaient la majorité des passagers, ne lui avaient pas caché la désapprobation que sa conduite leur inspirait. Il eût fallu être aveugle pour ne pas remarquer les airs choqués de tous ces gens respectables quand Vivian paraissait, escortée par le prince, ou qu'elle le choisissait comme partenaire lors des différents jeux organisés sur le pont.

— Vous rendez-vous compte que vous me faites perdre ma réputation ? plaisanta-t-elle.

Elle ne s'attendait pas à ce que le prince réagisse aussi violemment. Il serra les poings, fronça les sourcils et rétorqua avec véhémence :

— Qu'ils soient maudits ! Que le diable les emporte ! De quel droit se permettent-ils de nous condamner ? S'ils appartenaient à mon peuple, je les ferais torturer pour leur impudence !

— Ne soyez pas aussi barbare, je me moque de ce qu'ils peuvent dire ou penser.

— Vous êtes si bonne, et tellement au-dessus de tout cela. Vous n'avez rien de commun avec eux. Ces créatures blafardes grillent et se dessèchent au soleil ; seule leur langue venimeuse est épargnée !

— Bravo ! Quelle belle phrase ! s'exclama Vivian en applaudissant. Promettez-moi de ne pas l'oublier et de la répéter à votre précepteur. Il sera fier de son élève !

— Vous vous moquez de moi.

Vivian se hâta de lui assurer qu'elle était très sérieuse afin qu'il retrouvât sa bonne humeur.

— Que pensez-vous du suicide de Dhilangi à Monte-Carlo ? lui demanda-t-elle ensuite pour faire diversion.

— Je pense que le gouvernement britannique s'en est fort bien accommodé. Trop bien pour que cela soit naturel.

— Vous croyez qu'il a été assassiné ?

Une sensation proche de la peur la fit frissonner.

— Je vais peut-être me montrer imprudent mais puisque vous me le demandez... selon moi, il a été supprimé.

— Allons, vous lisez trop de romans ! Ça s'est passé à Monte-Carlo, pas à Chicago, rétorqua la jeune fille. Si la police a conclu au meurtre, pourquoi n'a-t-elle rien dit ?

— A Londres, tout le monde est convaincu que Dhilangi ne s'est pas donné la mort, mais il paraît qu'à Monte-Carlo la police ne tient pas à ébruiter ce genre de chose. De tels actes nuisent considérablement au Casino.

Vivian observa un silence avant de le questionner à nouveau.

— A quoi ressemblait Dhilangi ? Vous le connaissiez ?

— Je ne l'ai rencontré qu'une fois. Un étrange personnage doté d'un pouvoir étonnant pour inciter les foules à la révolte.

— Et à votre avis, sa mort est une bonne chose ?

Le prince haussa les épaules.

— Qui sait ? Certaines de ses revendications étaient incontestablement justifiées, d'autres l'étaient moins.

Cette nuit-là, Vivian demeura longtemps éveillée. Elle ne cessait de repenser à l'irruption du capitaine Hastings sous la tonnelle de la villa Bellevue, à ses instructions qu'elle avait suivies à la lettre, à l'intervention des policiers qui avaient cru à une querelle d'amoureux, puis à cette tache de sang qu'elle avait ensuite découverte sur sa robe du soir. Avait-elle eu raison d'obéir à cet homme qui, pour être anglais, ne lui était pas moins totalement étranger ?

Peut-être aurait-elle dû prévenir son père, lui conseiller de n'accepter aucune proposition du capitaine Hastings, tout envoyé gouvernemental qu'il fût ? A aucun moment elle n'avait mentionné sa précédente rencontre avec lui... A présent, étendue dans sa cabine sans trouver le sommeil, elle frémissait d'horreur en évoquant le souvenir de cet inconnu tellement sûr de lui. Elle le haïssait.

Le lendemain, la mer était agitée malgré le beau soleil qui brillait toujours dans un ciel sans nuages. Très peu de femmes s'aventurèrent sur le pont. Parmi elles, Vivian. Appuyée à la balustrade, elle regardait les côtes qui se dessinaient au loin quand une dame d'un âge incertain, petite et d'aspect négligé, l'aborda :

— Vous êtes la fille du professeur Carrow, n'est-ce pas ? Permettez-moi de me présenter : je suis Mme Hunter. Mon mari a rencontré votre père il y a plusieurs années, en Afrique du Sud.

— Vraiment ? fit poliment Vivian.

— Oui. Et, voyez-vous, je me disais que peut-être les conseils d'une aînée vous seraient agréables. Je crois que votre mère n'est plus et, comme vous voyagez seule, vous comprendrez que je veuille vous parler comme si j'étais l'une de vos parentes. En toute simplicité.

Vivian la trouvait au contraire extrêmement présomptueuse mais sa brève hésitation permit à Mme Hunter de s'enhardir.

— Ma chère enfant, je connais parfaitement l'Orient pour y avoir vécu trente ans et je n'ai jamais pu rester impassible devant des jeunes filles comme vous qui s'engageaient sur un mauvais chemin. Vous savez, notre culture repose sur des principes auxquels nous sommes très attachés, notamment en ce qui concerne le mélange des races. Bien entendu, je ne veux pas dire que nous en soyons là, mais j'estime vraiment que vous vous affichez inutilement. En tant qu'Anglaise, et parce que mon mari est un vieil ami de votre père, je me dois de vous mettre en garde.

Elle aurait sans doute poursuivi son sermon si Vivian ne l'avait interrompue. Se redressant, elle riposta, d'une voix claire et ferme :

— Merci beaucoup, mais je suis assez grande pour choisir moi-même mes amis. Je n'ai aucun besoin de vos conseils.

Sur ce, elle tourna les talons et planta là une Mme Hunter furieuse et déconfite.

— Voulez-vous descendre à terre avec moi ? proposa le prince à Vivian.

Ils allaient accoster à Alexandrie. Un grand cuirassé gris arborant le pavillon blanc de la Marine anglaise surveillait le port encombré de bateaux de toutes nationalités.

— Cela me plairait beaucoup. J'ai toujours eu envie de visiter Alexandrie. C'est une ville si romantique !

— A cause d'Alexandre le Grand, avec son immense bibliothèque et ses laboratoires de recherche ? Il est votre type de héros ?

— Pas à cause de lui, mais plutôt de Cléopâtre. C'est là qu'elle rencontra Antoine et qu'elle vécut la partie la plus passionnante de sa vie. C'est aussi là qu'elle fut enterrée, bien que l'on n'ait pas encore trouvé où.

— Je crains de n'être pas vraiment un admirateur de Cléopâtre, nota le prince.

— Je n'en suis pas surprise. Les hommes puisent dans l'histoire des héros de leur sexe et les femmes s'intéressent aux exploits d'autres femmes. C'est normal, non ? Lorsque j'ai découvert Cléopâtre, à l'école, je rêvais de lui ressembler.

— Un idéal pas très convenable pour une respectable demoiselle anglaise, la taquina le prince.

Le bateau allait toucher le quai et ils interrompirent leur conversation. Les hordes d'Alexandrins hurlant et gesticulant captèrent immédiatement l'attention de Vivian. Investissant les passerelles de débarquement, ils se battaient pour attirer les passagers en brandissant des colliers de pierres multicolores, des objets en ivoire ciselé, des fruits ou des bouquets de fleurs.

— J'adore l'Orient, dit le prince. J'aime retrouver l'odeur familière du sable, des fruits et du bois de santal, le parfum des peaux noires, et ces fragrances si particulières au désert qui parviennent jusqu'ici malgré les cités qui le séparent de la mer.

Dès qu'ils eurent débarqué, Vivian et le prince furent assaillis par une foule de mendiants et de marchands ambulants. Ils parvinrent tant bien que mal à se hisser dans l'une des calèches qui attendaient sur le quai pavé. Le dialecte du prince n'avait pas cours ici mais Vivian connaissait heureusement quelques mots d'arabe qui leur permirent presque magiquement de se débarrasser de tous ces importuns.

— Ils m'ont prise pour une vieille habituée à qui on ne la fait pas ! s'exclama la jeune fille en riant, dès qu'ils se furent assis dans la voiture. Je plains les pauvres Américains qui débarquent ici pour la première fois, ou les touristes un peu timides qui sont agressés sans relâche.

Ils se promenèrent dans des rues bordées d'immeubles modernes peu représentatifs de ce glorieux passé que Vivian regrettait de ne pas retrouver. Il faisait si chaud qu'ils s'arrêtèrent pour déguster une glace dans un petit café. Pour faire plaisir au propriétaire — un expert dans l'art d'entortiller les clients —, Vivian mangea plus que de raison.

Laissant derrière eux les ruelles étouffantes, ils poussèrent jusqu'à une petite baie où se rassemblait la haute société égyptienne. Étendu sur le sable ou à l'ombre de petites tentes, tout ce beau monde s'exposait en maillots de bain.

— On se croirait presque à Monte-Carlo, remarqua le prince, sans comprendre pourquoi la jeune fille changeait de visage et annonçait brusquement qu'elle voulait regagner le bateau.

Le nom de « Monte-Carlo » avait le pouvoir de réveiller sa douleur, comme la lame d'un poignard dans une plaie encore ouverte. Le soleil et la beauté environnante perdirent soudain tout leur éclat.

— Vous n'êtes pas en colère après moi, j'espère ? s'enquit le prince.

— Bien sûr que non. Pourquoi le serais-je ?

— Je ne sais pas. Vous êtes si silencieuse et si lointaine, tout à coup...

Il la contemplait d'un regard pathétique qui la toucha.

— Comment pourrais-je vous en vouloir ? Vous ne m'en donnerez jamais l'occasion, j'en suis sûre.

Un sourire de soulagement détendit sur-le-champ le visage du jeune homme.

« Il est plutôt séduisant, se dit-elle. Et curieusement, il n'a pas l'air d'un Oriental... »

Effectivement, dans son costume gris rayé de blanc, le prince Kowa pouvait aisément passer pour un jeune étudiant anglais, élégant et très bronzé. Ses manières étaient irréprochables et il s'exprimait bien mieux que la plupart des jeunes gens de son âge, malgré son accent à peine perceptible. Son précepteur avait su lui inculquer les bases de la bonne éducation britannique avec ses règles précises, notamment celles qui déterminaient ce que l'on pouvait dire ou ne pas dire lors d'une conversation. Il était agréable et intelligent.

De plus en plus exaspérée par tous ces gens pleins de préjugés qu'elle retrouva sur le bateau, la jeune fille se montra exagérément enjouée envers le prince, lorsqu'il la raccompagna à sa cabine. Avant de le quitter, elle lui tendit les mains.

— Je ne saurais vous dire combien je vous suis reconnaissante. Sans vous, je n'aurais pas autant apprécié Alexandrie.

Son attention fut brusquement attirée par l'apparition d'un homme, à quelques pas d'eux, dans l'encadrement de la porte qui donnait sur le pont. Elle leva la tête vers lui et les mots moururent sur ses lèvres quand elle croisa le regard insondable du capitaine Hastings.

— Oh ! s'exclama-t-elle malgré elle, sous l'effet de la surprise.

— Comment allez-vous, miss Carrow ? s'informa-t-il tranquillement.

— Je... j'ignorais que... que vous voyagiez sur ce bateau, bredouilla-t-elle.

Pourquoi cette rencontre imprévue la bouleversait-elle à ce point ? Certes, elle ne s'attendait pas à le voir...

— Je suis là, si vous avez besoin de moi.

Vivian s'éloigna. « Pour qui se prend-il ? fulminait-elle. Hastings est bien la dernière personne à qui je ferais appel en cas de besoin ! »

6

La traversée de la mer Rouge se déroula sous une chaleur écrasante. Fuyant la fournaise des cabines, les passagers dormirent sur le pont, veillés par les milliers d'étoiles qui émaillaient le ciel. Le bateau, tel un monstre marin, bougeait à peine sur ces eaux immobiles. Vivian avait l'impression d'être la seule à ne pas être assoupie.

Elle avait à peine revu le capitaine Hastings. Apparemment, il se levait avant elle et ne prenait pas ses repas aux mêmes heures.

Il ne participait ni aux rencontres sportives organisées sur le pont ni aux parties de cartes. On ne le voyait jamais au bar, où les passagers aimaient se retrouver autour d'un cocktail, avant le dîner, quand le soleil disparaissait à l'horizon. Cependant, bien qu'il fût invisible, Vivian ressentait intensément sa présence sur le bateau. Lorsqu'elle parlait avec le prince, elle se surprenait à lancer autour d'elle des regards furtifs, comme si elle se fût attendue à voir surgir le capitaine à tout moment.

Un criminel et un espion ! Voilà ce qu'il était ! Vivian ne doutait pas qu'il fût un meurtrier. D'ailleurs, son père lui avait révélé qu'il appartenait aux services secrets anglais...

Sa présence à bord rendait Vivian nerveuse, bien que le professeur eût clairement affirmé qu'elle se rendait en Inde pour une simple visite. Le capitaine Hastings n'avait donc aucune raison de soupçonner autre chose. Le professeur avait aussi ajouté que son assistante se trouvait déjà sur place et le rejoindrait à Darjeeling. Et si le capitaine allait les voir là-bas ? Et s'il insistait pour accompagner son père au début de son voyage ?

Étendue sur sa couchette, les mains croisées derrière la tête, Vivian se disait maintenant que les hommes étaient bien compliqués et qu'elle ne les comprenait pas toujours. En épousant Marjorie Stubbs, Jimmy avait renoncé à ses engagements et à l'amour au profit de la richesse. Et l'idéal dans tout cela ? Un tel matérialisme justifiait-il le sacrifice de soi ?

Elle se sentit terriblement seule, tout à coup, seule, perdue et vulnérable. Le monde lui semblait si grand et si plein d'embûches qu'elle se mit à pleurer en silence.

Un bruit de pas la fit sursauter. Elle se tourna vers l'importun : le capitaine Hastings avançait vers elle dans la pénombre. Visiblement, il ne s'était pas encore couché car il portait toujours sa tenue de soirée.

— Je vous dérange ? s'informa-t-il.

Elle secoua la tête, incapable d'émettre un son tant sa gorge était serrée.

— Non, dit-elle enfin. Je ne dormais pas.

— Il fait trop chaud, non ? Cela vous ennuie si je fume ? enchaîna-t-il sans attendre sa réponse.

— Non, je vous en prie. C'est vrai qu'il fait trop chaud, même ici.

— En bas, c'est trois fois pire, répondit-il avec un air contrarié.

— Pourquoi restez-vous en bas, dans ce cas ?

Vivian avait réussi à refouler ses larmes et à se reprendre.

— Pour me rendre utile.

— Que voulez-vous dire ? Quelqu'un est malade, c'est cela ?

La jeune fille craignit soudain de s'être montrée trop curieuse.

— Oui, ce qui explique que je ne sois pas encore couché. Mon valet de chambre est très malade.

— Oh... Y a-t-il quelque chose que je puisse faire ?

— Rien, merci. Et ne vous inquiétez pas, il n'est pas contagieux.

— Ce n'est pas à cela que je pensais, et de toute façon, je ne crains pas ce genre de choses, répliqua-t-elle vivement.

Un long silence s'installa entre eux. Dans l'obscurité, seul le bout rougeoyant de la cigarette du capitaine trahissait leur présence. Au bout d'un moment, il reprit la parole, d'une voix basse et étonnamment douce :

— Alors vous êtes toujours malheureuse ?

Vivian se raidit, mais elle lui répondit finalement avec la même bienveillance qu'il avait mise dans sa question.

— Oui, très, avoua-t-elle.

— Chagrin d'amour, n'est-ce pas ? murmura-t-il.

— Comment le savez-vous ? s'irrita-t-elle.

— Je viens de quitter un homme qui se meurt à cause de cela.

— Votre valet ? Je le croyais malade.

D'un geste brusque, le capitaine Hastings jeta sa cigarette par-dessus bord. Le point lumineux tremblota sur l'eau noire avant de s'éteindre, tel un météore incandescent.

— Je vais redescendre. Je suis fatigué, jeta-t-il presque rudement tout à coup. Bonne nuit, miss Carrow.

— Bonne nuit, répondit-elle, déconcertée par son brusque changement d'attitude.

Déjà, il avait disparu dans l'escalier des cabines. Vivian se retrouva seule, et elle ne le revit ni le lendemain ni le surlendemain.

— J'ai appris que le valet du capitaine Hastings était souffrant ? se décida-t-elle à demander à la femme de chambre, le matin du troisième jour. Comment va-t-il ?

Vivian crut déceler une certaine perplexité dans le regard de son interlocutrice.

— Je ne suis pas au courant, répondit-elle avec une certaine raideur, et elle s'éclipsa, comme pour fuir d'autres questions.

Vivian trouvait soudain cette traversée terriblement ennuyeuse.

— Que pourrait-on faire d'intéressant ? demanda-t-elle au prince. J'en ai assez de voir toujours les mêmes visages. Cette grosse femme qui fait les yeux doux au capitaine, cette autre, maigre à faire peur, ce planteur timide flanqué de son odieuse épouse...

— Vous oubliez ce gentleman ventru qui voyage en lainages, et l'Américaine et sa fille qui critiquent tout avec dédain mais qui profitent toujours des bonnes occasions.

— Heureusement qu'il ne me reste que quelques jours à supporter les funestes regards de Mme Hunter !

— N'y pensez plus. Pourquoi ne descendriez-vous pas vous asseoir dans mon salon, après dîner ? J'ai des choses intéressantes à vous montrer.

— Quelles choses ? demanda Vivian, sans grand empressement mais pour se donner le temps de réfléchir à cette proposition.

— Quelques bons disques américains, pour commencer, répondit le prince.

— Je m'attendais à ce que vous m'offriez des rubis, ou des rangs de perles grosses comme des billes ! fit-elle en riant.

— J'espère vous montrer un jour les trésors de mon père. J'ai des photos qui vous en donneront déjà un aperçu, si vous voulez.

— Cela me plairait beaucoup, mais pourquoi ne pas les monter ici ? Il fait plus frais qu'en bas.

— Non, venez dans ma suite. A moins que vous n'ayez peur ?

— Peur ? De quoi ? De la langue de vipère de Mme Hunter et de ses semblables ? Bien sûr que non !

— Je viens d'avoir une idée formidable !

s'enthousiasma le prince. Je vous invite à dîner en tête à tête avec moi, demain soir.

— Oh, je ne sais pas si...

— Dites oui ! Je suis sûr que vous en avez plus qu'assez des repas du restaurant. Je commanderai quelque chose de spécial pour nous deux. Que nous importe l'opinion des gens ?

— Je viens de vous dire que je m'en moquais, fit-elle, agacée.

— Alors pourquoi hésitez-vous ?

— Très bien. J'accepte.

Le lendemain, après sa sieste, Vivian monta sur le pont. L'endroit était presque désert. Seul le capitaine Hastings était là, plongé dans l'*Illustrated London News*, un vieux panama sur le crâne. Une fois à sa hauteur, elle lui demanda poliment :

— J'espère que votre valet s'est rétabli ?

Il sauta sur ses pieds.

— Miss Carrow ! la salua-t-il vivement. Content de vous voir. Pour tout vous dire, vous êtes celle que j'attendais.

— Vraiment ? fit-elle, amusée.

— Asseyez-vous, l'invita-t-il en tirant une chaise qu'il mit près de la sienne.

Vivian s'installa avec grâce. Dans sa robe de soie sauvage blanche, elle était très fraîche et très attirante. Seuls les cernes sous ses yeux trahissaient les nuits sans sommeil et les effets d'un chagrin qui ne s'estompait pas.

— Miss Carrow, commença le capitaine sans attendre, je ne voudrais pas que vous me trouviez impertinent, mais je pense qu'il serait plus sage que vous ne dîniez pas dans la suite du prince, ce soir.

— Et pourquoi, s'il vous plaît ?

La lassitude de Vivian s'était évanouie d'un seul coup.

— Parce que vous savez bien que ce ne serait ni très sage ni très avisé de votre part.

— Vraiment ? Vous m'obligez à vous dire que vous vous mêlez de choses qui ne vous regardent pas.

Elle voulut se lever mais il la retint en posant une main sur son bras.

— Un moment. Vous allez m'écouter car je pense que vous êtes une personne sensée. J'ai passé toute ma vie en Orient et je sais de quoi je parle quand je vous dis qu'il n'est pas prudent qu'une jeune fille aussi séduisante que vous passe autant de temps auprès d'un jeune homme comme le prince Kowa. D'autant que vous voyagez seule, sans personne pour vous protéger.

— Le prince est mon ami ! s'enflamma Vivian. Je l'apprécie et je le trouve supérieur à beaucoup d'Occidentaux que j'ai connus jusqu'ici !

— C'est possible, mais voyez-vous, miss Carrow, je dois insister car votre père n'est pas là pour vous empêcher d'aller à ce dîner.

— Et savez-vous ce que je ferais si mon père était là, capitaine Hastings ? Je lui demanderais de vous remettre à votre place. Que je dîne avec le prince ou non ne vous concerne pas et je ne vois vraiment pas pourquoi il en serait autrement.

Elle se leva et il l'imita. Elle était presque aussi grande que lui mais elle sentit qu'il était un formidable adversaire, ce qui décupla son désir de lui tenir tête.

— Suis-je assez claire ? ajouta-t-elle insolemment.

Le capitaine Hastings ne répondit pas.

— Je pourrais m'étonner que vous soyez au courant de mes projets, continua-t-elle d'un ton perfide. Mais, bien sûr, quoi de plus naturel de la part d'un espion ?

Son cœur bondit soudain dans sa poitrine quand elle s'aperçut que le capitaine Hastings était furieux. Un éclair d'acier avait traversé son regard, sa bouche s'était durcie. Il eut un geste d'humeur et, l'espace d'une seconde, Vivian crut qu'il allait la gifler. Elle n'eut pas le temps de se rendre compte que cette peur était ridicule.

— Vous n'êtes qu'une petite idiote ! jeta-t-il.

Faisant volte-face, il s'éloigna d'un pas nerveux. Tremblante de rage, Vivian se dirigea vers le salon.

« Comment ose-t-il me parler sur ce ton ? fulminait-elle. Si seulement mon père était là ! Si seulement je pouvais trouver un moyen de lui river son clou ! »

Plus elle repensait à leur conversation et plus sa fureur s'amplifiait. D'abord Mme Hunter puis le capitaine Hastings qui venaient l'accabler de leurs préjugés ! Mme Hunter avait peut-être quelques excuses : elle était vieille et aigrie, et ne pouvait comprendre que la jeunesse fût éprise de liberté. Mais le capitaine n'en avait aucune ! Elle lui avait rendu un immense service sans même le connaître et à présent, non seulement il se montrait ingrat, mais il se permettait de la critiquer !

Elle arracha une feuille d'un bloc-notes et écrivit : *Je suis impatiente d'être à ce soir. A quelle heure, ce dîner* ? Et elle signa.

Le steward lui rapporta la réponse dix minutes plus tard. Vivian prit l'enveloppe qu'il lui tendait, remarquant au passage la finesse du feuillet, l'élégant monogramme.

En réalité, le papier d'un bleu très pâle était un peu vulgaire mais Vivian avait décidé que le prince méritait l'attention qu'elle lui accordait et elle voulait se convaincre que cet homme, délicat dans les moindres détails, lui plaisait.

Je serai heureux de vous accueillir à neuf heures, avait écrit le prince. Vivian imagina avec satisfaction la déconvenue du capitaine Hastings. Avec un petit sourire, elle se regarda dans le miroir. L'image qu'il lui renvoyait lui plaisait. Sa robe de dentelle blanche mettait en valeur son corps mince et parfait. Rehaussant sa toilette, le collier orné de deux diamants que son père lui avait offert pour son anniversaire brillait de tous ses feux. Elle avait noué ses cheveux sombres en catogan, à l'aide d'une barrette elle aussi ornée de diamants, qui avait autrefois appartenu à sa mère.

Par défi, comme pour se venger du capitaine, elle avait accordé un soin tout particulier à sa toilette, ce soir. Elle finissait de s'habiller quand on frappa à la porte de sa cabine. C'était un des serviteurs du prince. Il lui tendit un plateau d'argent sur lequel reposait un petit bouquet d'orchidées blanches mouchetées de rouge. Vivian remercia l'homme puis, après avoir contemplé les fleurs si rares, elle les fixa sur sa robe, sur l'épaule gauche.

Elle supposa qu'elles avaient été livrées sur le bateau à l'intention du prince puis conservées dans de la glace afin que chaque jour, il puisse arborer une fleur fraîche à la boutonnière. N'était-ce pas extravagant ?

Quoi qu'il en soit, ces orchidées apportaient une touche finale à sa tenue. Quel dommage que Jimmy ne puisse la voir ainsi ! Peut-être alors voudrait-il revivre ces instants trop courts où il lui avait dit qu'il la trouvait belle, que son visage le fascinait, qu'elle était la plus jolie fille qu'il eût jamais vue ?... Avec un frisson, elle chassa ces souvenirs. Elle devait oublier Jimmy et se consacrer aux aventures excitantes qui l'attendaient.

Elle éteignit la lumière et se dirigea d'un pas décidé vers le couloir puis l'escalier menant à la suite du prince. Un serviteur coiffé d'un turban la conduisit au salon.

Dès son entrée, elle fut frappée par la fragrance presque suffocante des parfums orientaux. Elle reconnut les notes sacrées du bois de santal et du musc, mêlées à d'autres senteurs encore plus capiteuses.

— Son Altesse va vous recevoir, dit le valet en s'inclinant respectueusement.

Une fois seule, Vivian examina l'endroit où elle se trouvait. Les lumières étaient tamisées, plongeant la pièce dans une pénombre mystérieuse et donnant aux soieries exotiques des lueurs incertaines. Des vases en or ou en argent, magnifiques mais un peu primitifs, contenaient d'énormes bouquets de fleurs ou bien des montagnes de fruits ou de sucreries.

Déconcertée par ce décor inattendu, Vivian se demanda pourquoi le prince s'embarrassait d'un tel décorum. Allait-elle le taquiner à propos de cet étalage de richesses ? Elle devina que, dans cet univers qui était le sien, il risquait de se révéler bien différent de l'agréable compagnon qu'elle côtoyait depuis quelques semaines.

Elle n'allait pas être déçue : quand le serviteur enturbanné ouvrit la porte et s'effaça devant son maître, Vivian ne put retenir une exclamation de surprise. Elle avait toujours vu le prince dans des vêtements plutôt classiques, mais ce soir, il portait un smoking en velours violet. Une orchidée semblable aux siennes ornait sa boutonnière. On ne pouvait qualifier sa tenue d'excentrique, pourtant elle altérait son apparence.

Le bouton de col de sa chemise blanche était un énorme diamant. Un autre, tout aussi gros, serti dans de l'or, ornait l'un de ses doigts, près d'un cabochon d'émeraude.

Quand il lui prit la main, Vivian regretta subitement d'être venue et cette impression de malaise persista durant tout le dîner. Le prince but très peu et toucha à peine aux mets copieusement épicés qui se succédèrent interminablement. Son regard noir et envoûtant était bizarre, presque inquiétant. Vivian remarqua ses pupilles anormalement dilatées...

Même son élocution avait changé. Il escamotait des syllabes, chose inhabituelle chez lui. Lui qui parlait si bien anglais se mit à faire des fautes de grammaire et Vivian comprit qu'il n'était pas dans son état normal. Il lui rappelait ces hommes drogués qu'elle avait vus en Chine. Mais peut-être avait-il simplement abusé des cocktails, au bar ? Elle-même buvait du champagne et parlait à bâtons rompus, consciente que le prince ne la quittait pas des yeux.

A la fin du dîner, les domestiques débarrassèrent la table et les laissèrent seuls.

— Voulez-vous une de mes cigarettes ? lui proposa-t-il.

Parce qu'elle se sentait nerveuse, Vivian accepta. Il lui tendit son briquet en onyx, et à la lueur de la petite flamme vacillante, elle s'aperçut qu'il l'observait intensément. Brusquement effrayée, elle eut un mouvement d'écart.

— Et ces photos du palais de votre père ? dit-elle vivement. N'oubliez pas que c'est pour les voir que je suis venue.

Le prince frappa dans ses mains. Instantanément, une porte s'ouvrit et un domestique apparut. Son maître lui parla en hindoustani et le valet revint un instant plus tard avec des albums qu'il disposa sur la table avant de s'éclipser.

Vivian tourna les pages en s'efforçant de commenter toutes les vues d'un palais qui n'était que la réplique des nombreuses résidences de monarques. Seule la photographie du prince en tenue de cérémonie l'intéressa. Elle s'y attarda, faisant les commentaires usuels sur ses bijoux et l'épée qu'il portait.

— Vous aimez cette photo ? s'enquit le prince.

— Je la trouve très réussie. Est-ce une émeraude, sur votre turban, ou un saphir ?

— Une émeraude. Je vous donne cette photo, puisque vous l'aimez.

— Oh, je vous en prie ! Ce serait dommage d'en priver votre album.

— Cela me fait plaisir, répondit-il avec sérieux.

— Vous ne devriez pas, dit-elle en se demandant ce qu'elle allait pouvoir faire de ce cliché...

— En retour, me donnerez-vous une photo de vous ?

— C'est impossible. Je ne me fais jamais photographier. Je déteste les flashes et les séances de pose.

— Ce n'est pas grave, répliqua-t-il. Comment pourrais-je oublier votre visage, ne serait-ce qu'un instant ? Il est toujours devant mes yeux.

— Ce doit être épouvantable !

— Vous ne me croyez pas ?

— Bien sûr, puisque vous le dites ! plaisanta-t-elle tout en s'efforçant de faire dévier la conversation. Ce coussin qui orne le sofa est ravissant. A-t-il été brodé pour vous par les dames du palais ?

— Je ne sais plus, mais s'il vous plaît, il est à vous.

— Oh, non ! Vous ne pouvez me donner toutes les choses que j'évoque !

— Et pourquoi pas ? J'ai d'ailleurs ici un présent que je vous destine et que je veux que vous portiez.

Il ôta le cabochon d'émeraude de son doigt et le tendit à la jeune fille.

— Non ! s'exclama Vivian en se levant. C'est vraiment très gentil à vous, mais je n'accepte de cadeau de personne.

— De personne, peut-être, mais de moi, oui. Je veux vous donner cela et vous allez le prendre, s'il vous plaît.

Il se leva à son tour, s'approcha d'elle et lui prit la main. Vivian eut un mouvement de recul.

— Non, n'insistez pas. Je suis très touchée mais je ne peux accepter ce bijou, je vous l'ai dit. Nous allons être raisonnables et parler d'autre chose.

— Pourquoi devrions-nous parler ? fit-il d'une voix lourde de sous-entendus.

Vivian recula encore, sans le quitter des yeux.

— Et ces disques que vous deviez me faire écouter ? risqua-t-elle.

— Nous avons tout notre temps, répondit-il en fixant sur elle son regard dilaté.

Il avança d'un pas.

— Vous êtes très belle, dit-il d'une voix rauque.

— Puisque vous ne voulez pas me faire écouter vos disques, je vais m'en aller.

— Croyez-vous que je vous laisserais partir ?

— Je crois que vous n'auriez pas la stupidité d'essayer de m'en empêcher.

Le prince s'approcha encore. Il lui suffisait de tendre le bras pour la toucher. Comme il ne la quittait pas des yeux, il vit l'effroi dans son regard mais aussi la fierté et la colère qui le défiaient.

— Vous êtes venue pour moi, trancha-t-il, et maintenant je ne vous laisserai pas partir.

Il se tenait entre elle et la porte. Malgré sa gorge sèche, Vivian parvint à s'exprimer avec froideur et dédain.

— Vous seriez aimable de me laisser passer immédiatement. La plaisanterie a assez duré.

— Ce n'est pas une plaisanterie.

Vivian n'osa pas faire un geste. Elle comprit instinctivement qu'il n'attendait que cela pour la prendre dans ses bras. La peur s'empara d'elle. Elle savait maintenant que ses airs civilisés n'étaient qu'une façade. Son expression avait changé : il ressemblait à une bête guettant sa proie, attendant le moment propice pour fondre sur elle.

Vivian posa une main sur sa poitrine pour tenter d'apaiser les battements de son cœur, mais elle gardait la tête haute. Debout devant le prince, elle soutenait son regard avec défiance bien qu'elle sût qu'elle était à sa merci.

— Vous pouvez toujours crier, ma jolie, personne ne vous entendra. Mes domestiques ont reçu des consignes. Nous avons toute la nuit devant nous. Venez à moi de vous-même, avec amour. Je vous couvrirai de perles, je vous donnerai tout ce que vous voudrez.

A travers sa frayeur, Vivian reçut ces derniers mots comme une humiliation. Une violente humiliation. Voilà donc ce qu'il faisait de l'amitié qu'elle lui avait donnée, de leur camaraderie, des longues heures passées sur le pont à échanger leurs idées. Pour lui, elle n'était qu'une femme qu'on achetait avec des bijoux et de beaux atours !

— Laissez-moi partir, dit-elle d'une voix où perçaient l'amertume et la honte.

Le prince émit un rire déplaisant. Un rire sans joie qui n'était qu'un cri de triomphe. Il tendit les mains et elle sentit leur contact sur ses bras.

Vivian cria. A ce moment, des coups violents retentirent contre la porte de la cabine. Le prince ne sembla pas les entendre tout de suite. Puis, comme les coups redoublaient, il se résolut à lâcher Vivian qui se débattait de plus belle.

— Qu'est-ce que c'est ? demanda-t-il avec colère.

Des éclats de voix qui semblaient provenir d'une altercation leur parvinrent. Quelqu'un parlait très fort, en hindoustani et sur un ton sans réplique. Puis il y eut un grand choc et la porte s'ouvrit avec fracas. Debout sur le seuil, les deux serviteurs indiens protestant derrière lui, apparut le capitaine Hastings.

— Qu'est-ce que cela signifie ? éructa le prince.

Le capitaine Hastings n'eut pas même un regard pour lui. Il examina brièvement la pièce et vit la jeune fille, pâle et tremblante, appuyée contre le mur.

— On demande miss Carrow au bureau du commissaire, dit le capitaine.

Il s'exprimait calmement mais sur un ton incisif qui dissuada le prince d'intervenir.

— Pouvez-vous venir tout de suite ? demanda-t-il à Vivian.

— Bien sûr, parvint-elle à articuler faiblement.

Elle avança lentement vers le capitaine qui s'écarta pour la laisser passer, tout comme les domestiques toujours postés sur le seuil. Elle quitta la cabine sans un regard pour le prince, suivie par le capitaine Hastings. Arrivée au bas de l'escalier, elle chancela légèrement. Immédiatement, une main solide la retint et l'aida à monter. Une fois sur le pont, elle s'accrocha à la balustrade.

— Je me sens... faible, murmura-t-elle au bout d'un moment.

— Je vais vous chercher un brandy, dit Hastings.

Elle se tourna vivement vers lui.

— Non... Ne me laissez pas... Je ne veux pas rester seule.

— Très bien, répondit-il sur un ton apaisant. Prenez votre temps, vous ne risquez plus rien maintenant.

Ils se tenaient sur une partie du pont peu fréquentée. Seul l'escalier derrière eux était éclairé, formant une tache dorée dans la pénombre.

Vivian essayait de se reprendre, de retrouver un souffle régulier. A côté d'elle, le capitaine Hastings feignait de ne rien remarquer. Appuyé lui aussi contre la rampe, il regardait la mer. Peu à peu, la jeune fille se calma. Ses muscles se relâchèrent et elle rejeta ses cheveux en arrière.

— Comment avez-vous su ? s'enquit-elle, brisant le silence qui s'était installé entre eux depuis quelques minutes.

— Il fallait bien que quelqu'un veille sur vous, dit-il doucement.

— Les hommes sont tous les mêmes. Je les déteste !

— Ce n'est pas vrai.

— Je les hais. Les hommes et le monde entier. Je voudrais être morte !

— N'est-ce pas un peu égoïste ?

— Égoïste ? Pour qui ? Je ne compte que pour mon père. Je n'ai personne d'autre que lui au monde, aucune amie vers qui me tourner...

Sa voix se brisa. Sa solitude lui paraissait soudain insupportable. Ce qui venait de lui arriver avait fait ressurgir sa terrible déconvenue de Monte-Carlo, trois semaines auparavant. Elle se sentait aussi misérable et malheureuse qu'alors, et cette nouvelle humiliation la faisait replonger dans le même abîme.

— Vivian ? dit tendrement Alexander Hastings. Voulez-vous m'épouser ?

Éperdue, elle se tourna vers lui.

— C'est une farce ?

Elle avait voulu prendre un ton sévère mais sa voix tremblait.

— Pas le moins du monde. Je veux vous épouser.

— Je ne me marierai jamais, affirma-t-elle avec véhémence. Et si jamais cela m'arrivait, je vous jure que ce ne serait pas avec vous. Je crois que je vous hais.

— C'est parce que vous ne me connaissez pas encore.

— Ce que je connais me suffit.

Ulcérée par tant de suffisance, elle venait de retrouver toute sa vivacité.

— Vous pourrez peut-être y réfléchir ? suggéra-t-il tranquillement.

— C'est tout réfléchi, et je vous trouve d'une outrecuidance invraisemblable ! Vous représentez tout ce que je déteste. En outre, vous êtes un meurtrier !

— C'est faux.

— Je ne vous crois pas. Les faits sont contre vous.

— Écoutez-moi, dit-il.

Il posa ses mains sur les épaules de la jeune fille et la fit pivoter vers lui.

— Je saurai vous convaincre et un jour, vous m'aimerez.

— Vous êtes complètement fou ! Je ne vous aimerai jamais !

Tout à coup, il lui sembla immense, dans l'obscurité. Elle distingua un nouvel éclat dans ses yeux, étrange et profond. Ce fut comme si l'air se raréfiait. Vivian se retrouva comme hypnotisée, incapable de détacher son regard de celui qui la fixait aussi intensément. On eût dit que les eaux qui les entouraient s'apprêtaient à la submerger. Elle résistait avec l'énergie du désespoir.

— Et je vous rendrai heureuse, ajouta-t-il avec une extrême douceur.

Alors, avec une sorte de sanglot étouffé, elle s'évanouit à ses pieds.

7

Le train de Calcutta filait vers le nord. Depuis qu'elle avait quitté le bateau, Vivian se sentait soulagée. Curieusement, celui qu'elle était pressée de fuir n'était pas le prince mais Alexander Hastings.

Après ce dîner qui avait bien failli tourner au drame, elle n'avait plus quitté sa cabine. Étendue sur sa couchette, elle avait eu le temps d'analyser les derniers événements. Indiscutablement, elle s'était conduite comme une écervelée. Mais si elle admettait avoir agi sans discernement, le cynisme que lui inspiraient les hommes demeurait tout aussi vivace.

Le prince Kowa n'éveillait plus en elle qu'un profond mépris. Quant au capitaine Hastings, elle nourrissait à son encontre une hostilité plus intense que jamais.

Couronnant les émotions de la soirée, son extravagante demande en mariage n'avait fait qu'amplifier l'antipathie farouche qu'elle lui vouait. Plus que jamais, elle se méfiait de lui. Pas un instant elle n'imagina qu'il pût être réellement amoureux d'elle. Elle ne pouvait concevoir que cet étranger, qui avait fait irruption dans sa vie de façon aussi cavalière, puisse l'aimer. Qu'il prétende à ce mariage que Jimmy avait repoussé lui paraissait même insultant.

Une nuit, espérant que tout le monde dormirait, elle s'aventura sur le pont. Il était désert et elle décida de marcher un peu. L'air lui ferait du bien. Soudain, un mouvement sur le pont inférieur, réservé aux passagers de troisième classe, avait attiré son attention. A sa grande surprise, elle aperçut plusieurs hommes, rassemblés en cercle autour d'un objet. Malgré l'obscurité, l'une des silhouettes lui sembla familière... celle du capitaine Hastings. Elle se demandait ce qu'il faisait en bas à une heure pareille quand elle comprit soudain. Ils célébraient un office des morts !

Elle reconnut la voix du capitaine qui murmurait quelque chose puis les hommes s'écartèrent, saisirent la forme inerte enveloppée dans un drap et... Vivian se cacha le visage, horrifiée. Elle ne voulait pas les voir jeter le corps dans la mer...

Vivian était très pâle lorsqu'elle arriva à Darjeeling. Ses yeux cernés trahissaient ses longues nuits d'insomnie. Le chagrin et les tourments s'étaient inscrits sur son visage. Quand elle retrouva son père, dans un hôtel modeste et discret, elle se jeta dans ses bras avec une fougue inhabituelle et resta longuement accrochée à son cou.

— Ce voyage ne semble guère t'avoir réussi, commenta-t-il en l'observant d'un air soucieux. Il serait peut-être plus sage que tu m'attendes ici, non ?

Vivian eut un sourire d'amertume.

— Si tu savais combien j'ai hâte de partir pour ce pays interdit, loin de tout, et surtout de tous ceux qui ne méritent même pas le dégoût qu'ils m'inspirent !

Le professeur n'osa pas la questionner plus avant. Il changea au contraire de sujet en lui exposant ses plans.

Vivian fut légèrement déçue lorsqu'elle vit cette légendaire chaîne de l'Himalaya pour la première fois. Tout d'abord, ces montagnes recouvertes d'une végétation dense et l'aspect même de Darjeeling lui rappelèrent vaguement la Suisse. A tel point qu'elle se demanda pourquoi ces paysages étaient si célèbres.

Puis, un jour, son père l'emmena hors de la ville et elle eut l'impression de découvrir les hauts sommets qui se dressaient devant elle. Les pics s'étageaient les uns au-dessus des autres. La neige qui les coiffait étincelait au soleil. Ces hauteurs imposantes semblaient défier le monde de leur majesté impassible. Vivian ne trouvait pas de mots capables d'évoquer la grandeur de l'Himalaya, ce royaume des neiges.

Ces montagnes étaient habitées. Par endroits, on rencontrait des *stupas*, petits édifices religieux perchés au détour de routes qui serpentaient dangereusement. Seuls les poneys habitués à gravir ces pentes abruptes s'y déplaçaient sans risquer la chute. Pour la première fois, Vivian prit conscience du danger de la mission qui les avait amenés ici. Elle frissonna. Derrière ces sommets se cachait un pays étrange. L'avenir lui apparut soudain plein de promesses. C'était comme si l'espoir renaissait en elle. Mais elle n'avait pas le temps de s'appesantir sur elle-même. Chaque matin, de mystérieux pèlerins venaient s'entretenir avec elle et son père, à l'hôtel, pendant des heures.

Il s'agissait pour le professeur et sa fille d'apprendre le tibétain dans les plus brefs délais. Bien qu'ils fussent habitués à l'étude des langues étrangères, la simple acquisition des mots usuels nécessitait toute leur concentration. A en croire les linguistes, autrefois, le tibétain se prononçait comme il s'écrivait. Mais la langue avait évolué. Beaucoup de lettres étaient devenues muettes ou se prononçaient différemment. Pour les non-initiés, l'orthographe d'un mot n'indiquait pas forcément la manière de le prononcer. Plus les leçons avançaient et plus Vivian se sentait découragée. Cette langue lui paraissait aussi étrange et originale que le pays qui l'avait produite.

— Tu sais, confia-t-elle à son père, j'ai bien peur que nous n'arrivions jamais à nous faire passer pour des Tibétains. Il nous suffira d'ouvrir la bouche pour être démasqués !

— C'est vrai que c'est incroyablement difficile. Pour comprendre, passe encore, mais je crains de ne jamais briller lors d'une conversation !

Ils finirent néanmoins par être prêts. Un étranger, fort bel homme, se présenta un jour à leur hôtel. Il s'appelait Surdar et apprit au professeur qu'il serait son serviteur et son guide durant le voyage qu'il s'apprêtait à faire.

— Qui vous envoie ? demanda le professeur.

Curieusement, Surdar, qui parlait et comprenait parfaitement bien l'anglais, s'abstint de répondre à cette question.

— Vous partez pour Gyang-tse, lui dit-il. Moi, Surdar, je vais vous y conduire. Je vous trouverai des boys et vous protégerai.

— Mais comment savez-vous que je dois aller là-bas ? s'étonna le professeur.

Depuis son arrivée à Darjeeling, jamais il n'avait mentionné qu'il projetait de s'aventurer au-delà du Sikkim.

— Surdar est venu pour vous guider et vous servir, répéta le Tibétain.

Ses références étaient excellentes et après un entretien où il se montra exceptionnellement brillant, le professeur l'engagea.

— Je me demande s'il nous est envoyé par les siens ou s'il possède cet instinct surnaturel qu'il n'est pas rare de rencontrer sur ces hauteurs, dit le professeur à sa fille. Quoi qu'il en soit, je suis prêt à courir le risque. Dès que nous aurons traversé le col de Natu, nous prendrons la grande route commerciale.

Pour détourner les soupçons, ils avaient décidé que Vivian prendrait le train, seule et sous sa véritable identité. Elle descendrait à la première gare et, de là, regagnerait Darjeeling en se faisant passer pour l'assistante du professeur — qu'ils avaient d'ailleurs jugé plus prudent de transformer en *assistant*.

Un beau matin, elle quitta donc son père sur le quai de la gare, rassurée de le laisser sous la garde de Surdar. Comme le train s'ébranlait lentement, elle agita longuement son mouchoir avant de s'asseoir dans son compartiment où elle était seule. Trois heures plus tard, ce fut un adolescent fluet, en culotte de randonnée, coiffé d'un vieux panama et portant des lunettes noires qui en descendit.

Vivian avait dû sacrifier ses beaux cheveux noirs pour ce déguisement. Elle ne les avait pas coupés trop court, s'accordant une allure assez romantique. Elle avait teint son visage, son cou, ses mains et ses avant-bras avec de la teinture d'iode diluée. Le changement était si spectaculaire qu'elle s'étonna elle-même du résultat. Personne ne risquait de la reconnaître.

Lorsqu'elle eut regagné Darjeeling, la patronne de l'hôtel ne se douta pas un seul instant que, le matin même, elle lui avait servi un petit déjeuner substantiel.

— Comment me trouves-tu ? demanda-t-elle à son père dès qu'ils furent seuls.

— Parfaite, affirma-t-il après l'avoir attentivement examinée. Mais je préfère que tu gardes tes lunettes. Nous partirons demain, à l'aube, afin d'éviter toute rencontre inopportune. Heureusement, nous serons mercredi.

— Pourquoi ? J'avais d'ailleurs oublié quel

jour nous étions mais en quoi cela a-t-il une importance ?

— Les mardis, jeudis et samedis, si l'on se fie aux croyances tibétaines, sont des jours à éviter quand on veut entreprendre quelque chose. Rien n'aurait pu convaincre Surdar ou nos porteurs de se mettre en route ces jours-là, sauf s'ils avaient estimé que les dieux étaient avec eux.

— Tout cela est bien compliqué !

Mais les mois qui suivirent lui apprirent que des superstitions bien plus contraignantes survivaient dans ce pays.

Son père suggéra qu'au lieu de couper au plus court pour atteindre le sud du Sikkim ils pourraient se permettre un léger détour, de façon à éviter de rencontrer des Européens ou les voyageurs plus fortunés qui empruntaient les grandes voies de circulation.

Le mercredi matin, ils prenaient la route sous l'œil vigilant de Surdar. Le professeur, Vivian et Surdar s'étaient procuré des poneys après un marchandage bien mené. Ils revenaient moins cher que les chevaux. Des mules, qu'ils avaient également obtenues à bas prix, portaient leurs bagages, empilés très haut sur leur dos. Des coolies les guidaient en chantant joyeusement de leurs voix douces et mélodieuses.

Le poney était le moyen de transport le plus courant des voyageurs, marchands ou pèlerins. Certains, cependant, voyageaient à pied, égrenant leur chapelet entre leurs doigts tout en murmurant leurs prières.

L'aube se levait. Le soleil n'apparaissait pas

encore mais il donnait à la neige de ces hauts sommets des reflets ambrés. Une brume bleutée flottait au-dessus des arbres. Vivian se sentait légère. Ils traversèrent tout d'abord une forêt luxuriante, où il faisait chaud et humide.

Cette nature sauvage et grandiose qu'ils avaient découverte au sortir de la ville ne cessait d'étonner et d'éblouir la jeune fille. Un bruissement dans les arbres attira soudain son attention. Elle eut à peine le temps d'apercevoir un petit singe barbu qui disparut en s'accrochant de branche en branche. Plus haut, planant dans le ciel, les ailes déployées, un aigle immense et majestueux chassait dans son domaine : les hautes cimes. De sa voix douce, Surdar se mit à raconter à Vivian les légendes du pays.

Le professeur appela l'un des coolies et s'entraîna à parler tibétain avec lui mais ce matin, Vivian n'avait pas l'esprit au travail. Elle préférait apprendre l'histoire de cette étrange partie du monde, et tout d'abord celle du Sikkim, théoriquement indépendant mais qui, en réalité, restait sous le contrôle de l'Angleterre et du Tibet, le « Toit du Monde ».

Bercée par le pas tranquille de son poney, grisée par les odeurs qui émanaient de la terre et se mêlaient à celles des bêtes, plus fortes, Vivian avait l'impression que dans ce paysage magnifique une nouvelle vie s'ouvrait devant elle.

Ils arrivèrent devant un pont impressionnant et Surdar insista pour que tout le monde descendît de sa monture avant de le traverser. Ce n'était pas vraiment une mesure de prudence, mais plu-

tôt un rite, car traverser un pont était considéré comme un honneur que l'on rendait aux dieux du Tibet. La fragile construction grinça en se balançant dès qu'ils s'y engagèrent. Au milieu, Surdar s'arrêta et sortit de sa poche une liasse de prières imprimées à l'encre de couleur. Puis il demanda à Vivian et à son père de jeter quelques pièces de monnaie dans la rivière qui s'écoulait tout en bas, tel un fil d'argent. Cette offrande aux dieux, ajoutée aux prières des coolies, devait leur permettre d'atteindre l'autre versant sains et saufs.

Vivian s'efforça d'émerger de l'extase dans laquelle la splendeur environnante l'avait plongée. Presque solennellement, elle suivit l'exemple de son père et laissa tomber des pièces dans l'eau. Puis elle fixa sur le pont le feuillet de prières que Surdar lui tendait. D'autres s'y trouvaient déjà, coincés entre les lattes de bois, décolorés et à moitié déchirés. Elle regarda le papier s'agiter dans la brise. Alors, secrètement, elle invoqua les dieux, leur demandant de la protéger, de l'aider à affronter l'avenir incertain qui l'attendait.

« Aidez-moi à trouver le bonheur ! » implora-t-elle.

C'est alors qu'une réponse sous forme de question s'imposa à son esprit. « Le bonheur est-il possible sans l'amour ? »

Si parmi les habitants du Sikkim on comptait peu de gens riches, la pauvreté n'existait pas non plus. Sur les hauteurs, émaillées de petits monas-

tères aux toits plats, se dressaient de minuscules maisons blanches nichées au milieu d'arbres fruitiers.

Les paysans, coiffés de chapeaux ornés de fleurs des champs, faisaient paître leurs bêtes en chantant. Ils souriaient toujours aux voyageurs qu'ils apercevaient sur les chemins étroits mais sûrs.

Partout s'épanouissaient des pêchers, des cerisiers en fleurs, et des pivoines sauvages. Des orchidées aux couleurs vives grimpaient le long des troncs d'arbres géants ; à leurs pieds s'étalaient des buissons d'azalées rouges et orange. Une brume bleutée s'attardait sur les pics enneigés que le soleil chassait soudain, révélant brusquement leur splendeur éblouissante.

Vivian comprenait à présent pourquoi ces contrées étaient sacrées pour les bouddhistes. C'était ici que leur Grand Maître avait commencé à accomplir sa mission et, effectivement, ni le mal ni la méchanceté ne semblaient pouvoir exister dans ce pays. Elle comprenait que son peuple crût à la réincarnation, qu'il désirât vivre à nouveau : tout était si beau ! Même les fleurs paraissaient miraculeuses.

Surdar lui montra une plante très précieuse : l'aconit noir. Ses fleurs brillent la nuit et grâce à leur lueur, on peut les apercevoir et les cueillir. Il lui parla aussi d'une variété d'héliotropes qui avaient le pouvoir d'exaucer les vœux.

Le soir venu, le petit groupe s'arrêta dans l'un des bungalows aménagés par le gouvernement indien et réservés à l'usage des voyageurs. Ils

pouvaient s'y installer tranquillement pour la nuit avec leurs guides, d'autant plus qu'ils étaient gardés.

Après les fatigues de la journée, Vivian et le professeur n'aspiraient plus qu'à une bonne nuit de repos. Trop épuisée pour penser, la jeune fille en avait oublié le désespoir qui la minait depuis quelque temps. Dès que son lit fut installé, elle se glissa sous les couvertures et plongea dans un profond sommeil dont son père la tira le lendemain, juste avant l'aube.

Tous deux se sentaient nerveux au moment de montrer leur laissez-passer mais on ne leur fit aucun ennui. Ils traversèrent sans encombre la ville de Kalimpong, aussi appelée « le port du Tibet ». C'était là que les Tibétains venaient vendre leurs denrées et acheter des babioles qu'ils troquaient ensuite sur les marchés de Lhassa.

Seule une petite mésaventure altéra brièvement l'enthousiasme que ce pays suscitait chez Vivian. Ils s'étaient attablés pour déjeuner. Surdar les avait prévenus que cette partie du Sikkim était dangereuse en raison de la malaria et de diverses fièvres qui y sévissaient. Ils avaient donc redoublé de précautions, faisant bouillir leur eau et se protégeant de moustiquaires avant de commencer à manger. Vivian aperçut cependant une étrange petite bête noire sur son bras. Avec un frisson, elle essaya de la chasser mais découvrit avec horreur qu'elle était collée à sa peau. Une sangsue ! Ces horribles bestioles rampaient sur le sol comme de gros vers de terre noirs puis se hissaient à l'aide de leur queue qu'elles basculaient au-dessus de leur tête, et ainsi de suite. Cet étrange moyen de locomotion leur permettait de se déplacer avec une vitesse inattendue. Elles sentaient de loin les animaux ou les humains dont elles se nourrissaient en aspirant leur sang. On ne pouvait les arracher sans se blesser douloureusement.

Vivian appela Surdar en criant. Il se précipita aussitôt vers la rivière voisine dans laquelle il trempa un petit sachet de sel. Puis il pressa l'eau sur la sangsue qui se recroquevilla sur elle-même et tomba. Le même traitement dut être renouvelé plusieurs fois sur les poneys et les mules qui se couvraient de ces répugnantes créatures au passage des buissons. Vivian exhorta son père à forcer l'allure pour quitter au plus vite ces régions infestées de créatures aussi répugnantes.

A Gangtok, capitale du Sikkim, ils étaient à peine arrivés dans leur bungalow qu'une demi-douzaine de domestiques venus du palais se présentaient pour leur offrir de la nourriture de la part du maharadjah, avec ses compliments. Le professeur tint à lui rendre la politesse en allant lui-même remercier le jeune souverain dans la soirée. Vivian s'abstint de l'accompagner. Elle craignit d'éveiller les soupçons du maharadjah.

Le professeur revint en s'extasiant sur tous les présents qu'il avait ramenés. Le maharadjah lui avait même offert des mules pour transporter tous ses cadeaux jusqu'au grand avant-poste de

Yatang. Elles s'avéraient particulièrement bienvenues car celles qu'ils avaient achetées à Darjeeling commençaient à être fatiguées.

— Il n'a eu aucun soupçon à ton égard ? demanda Vivian à son père.

— Je ne pense pas. Nous avons surtout parlé de médecine et de la difficulté qu'il éprouve à convaincre les paysans d'utiliser des médicaments ou des désinfectants modernes. Le maharadjah est un homme très évolué mais dans un pays aussi attaché au passé, à la tradition et aux superstitions, il a beaucoup de mal à transmettre ses idées.

— Je regrette de ne pas t'avoir accompagné, soupira Vivian. J'aurais beaucoup aimé voir le palais.

— Tu aurais été déçue. Il est entièrement construit et meublé à l'européenne. Figure-toi que le passe-temps préféré du maharadjah est la photographie ! Il tenait d'ailleurs à me photographier et a été désolé que la lumière ne le permette pas et que nous repartions si tôt demain matin.

— C'est une chance ! Il aurait peut-être pu s'en servir pour se renseigner.

— D'après le capitaine Hastings, nous ne risquons pas grand-chose avant la frontière tibétaine.

— Tu crois qu'il est bien informé ou qu'il a simplement voulu te rassurer ?

— Il l'a passée lui-même plus d'une fois, tu sais.

— Tiens ! s'étonna Vivian. J'ignorais qu'il était déjà venu au Tibet.

— Bien sûr, répondit le professeur. Et je pense qu'il sera déjà là-bas quand nous arriverons.

— Le capitaine Hastings, à Gyang-tse ? s'écria Vivian, atterrée. Oh, papa, pourquoi ne m'as-tu rien dit ?

— Je croyais que tu t'en douterais. Mais je l'ai peut-être appris après ton départ, je ne m'en souviens plus.

— Que va-t-il dire lorsqu'il me verra avec toi ?

— Ma chérie, dit le professeur avec un sourire, je te laisserai le soin de t'expliquer avec lui. De toute façon, il sera devant le fait accompli et il ne lui restera plus grand-chose à dire. S'il n'est pas déjà au courant.

Quand son père eut regagné ses quartiers pour la nuit, Vivian se recoucha mais demeura éveillée, le regard perdu dans l'obscurité et les joues brûlantes. Elle ne s'attendait vraiment pas à revoir le capitaine Hastings de sitôt. Elle n'appréhendait pas vraiment qu'il démasquât son stratagème pour entrer au Tibet aux côtés de son père. C'était l'idée de le revoir après leur dernière entrevue sur le bateau qui la troublait. Sans doute l'avait-il ramenée dans sa cabine... Quand elle avait repris ses esprits, elle s'y trouvait en effet, avec la femme de chambre qui lui faisait boire du brandy tout en appliquant contre ses tempes un mouchoir mouillé d'eau de Cologne.

Curieusement, le mouchoir était encore en sa possession. Elle l'avait gardé, trop faible pour aller le rendre à son propriétaire, le lendemain. Puis elle l'avait oublié. C'est en faisant ses bagages, à Darjeeling, qu'elle l'avait retrouvé dans ses affaires : un mouchoir de lin très fin portant une seule initiale brodée, « A ».

Son père lui avait appris qu'au ministère, tout le monde appelait le capitaine Hastings Alex. Alex... Cela lui allait bien... Sur ces réflexions, Vivian s'endormit.

Les trois jours de marche jusqu'à la frontière mirent les nerfs de tout le monde à l'épreuve. Même les bêtes se montrèrent agitées. Vivian supportait bien l'altitude mais elle connut des moments de frayeur, à plusieurs reprises, quand son poney trébucha sur le chemin inégal, au bord du vide. Un faux pas et elle versait dans un ravin vertigineux où les éboulis de rochers témoignaient d'une précédente chute.

A la fin, le chemin devint si abrupt qu'ils durent descendre de leur monture et marcher. Vivian s'encorda à Surdar lors des passages les plus dangereux. Ils se trouvaient maintenant à plus de quatre mille mètres d'altitude. L'ascension devenait épuisante. Les coolies commençaient à souffrir du mal des montagnes. L'un d'entre eux se mit à saigner du nez et des oreilles. Le col de Natu était sinistre, couvert de neige et balayé par un vent glacial, comme un dernier avertissement destiné à dissuader ceux qui voudraient encore pénétrer au « Pays interdit ». Vivian haletait. Son cœur cognait dans sa poitrine et à ses tempes.

Quand ils parvinrent enfin au sommet, l'empire tibétain s'étendait au loin, jusqu'aux montagnes sacrées dont ils n'apercevaient que les sommets enneigés. A leurs pieds s'étendait Chumbi Valley, province extrêmement peuplée qui les séparait encore du véritable Tibet.

Une fois le col franchi, Surdar se mit à crier :

— *Lha-gyal-lo ! Lha-gyal-lo !*

Ce qui signifiait : « Victoire ! Victoire, grâce aux dieux ! »

Chacun d'entre eux ramassa un petit caillou qu'il déposa avec les fragments de prières laissés par les précédents voyageurs, en guise d'offrande. Il fallait remercier les dieux qui leur avaient permis d'atteindre le col sains et saufs. Quand Vivian eut posé sa pierre, elle glissa sa main dans celle de son père.

— C'est ici que commence notre véritable aventure, murmura-t-elle.

Vivian avait déjà croisé quelques marchands tibétains à Darjeeling ou sur les routes, mais les premiers qu'elle rencontra ici la frappèrent par leur beauté. Elle ne s'attendait pas à voir des hommes aussi grands, aussi forts et aux traits si fins. Surdar lui expliqua que Chumbi Valley se distinguait du Tibet proprement dit. Les gens y avaient leur propre dialecte et leurs propres coutumes. Ils étaient totalement autonomes.

Comme ils approchaient du village de Yatang, la première chose qu'ils virent fut le drapeau britannique qui flottait au vent au-dessus d'une maison. Il s'agissait du comptoir de commerce. C'est ici que le professeur devait s'adresser pour que l'agent anglais les aide à passer la frontière. M. Williams fut ravi de se montrer utile, d'autant plus que les fonctionnaires des douanes insistèrent pour fouiller les bagages du professeur.

Quand ils tombèrent sur l'appareil photo, les choses prirent un tour désagréable.

— J'ai apporté cet appareil pour M. Andrews, de Gyang-tse. Il me l'a demandé expressément, expliqua le professeur à M. Williams.

— J'ai peur qu'ils ne vous croient pas, répondit ce dernier. La seule chose qui vous reste à faire, c'est de l'offrir au père supérieur du monastère de Chumbi. C'est un homme instruit et brillant. Si vous dites aux douaniers que cette boîte magique lui est destinée, ils vous croiront peut-être sur parole.

Le professeur fut très contrarié de devoir renoncer à la partie de son équipement qui avait le plus de valeur. Il fit néanmoins bonne figure et se résigna à suivre les conseils de Williams. Les fonctionnaires ne se montrèrent qu'à moitié convaincus par ses explications mais ils acceptèrent, à condition toutefois qu'un soldat accompagnât le professeur au monastère, le lendemain matin, à la première heure. Après force courbettes et politesses de part et d'autre, leurs passeports furent tamponnés et ils franchirent la frontière.

— On l'a échappé belle ! dit Vivian à son père, quand ils se retrouvèrent seuls tous les deux.

Il acquiesça, son humeur toujours assombrie par la perte de son appareil photo. Le monastère de Chumbi se trouvait un peu après la ville. Ils s'y rendirent donc dès le lendemain matin et furent reçus en grande cérémonie, au son des trompettes et des conques. Les moines étaient descendus les accueillir à la grille, avec les « cheveux du vent », des prières imprimées sur une étoffe, en signe de bienvenue.

Ils attendirent ensuite dans la grande cour. Des escaliers menaient à de nombreux édifices décorés de sculptures compliquées et coiffés de toits dorés et pointus, de style chinois. Dans un coin, assis sur les dalles, un groupe de lamas vêtus de robes fluides répétaient sur un ton mélodieux des prières que lisait à voix haute un homme plus âgé. Ils ne semblèrent pas remarquer la présence des visiteurs tant ils étaient absorbés.

Peu après, Vivian et son père furent introduits dans une petite pièce où les attendait le moine chargé de l'enseignement de la médecine. Complètement rasé, il avait néanmoins une épaisse moustache. Sa robe bouddhique drapée sur une épaule, dénudait un seul bras.

Ils s'assirent sur des canapés bas et on leur servit du thé dans des bols de jade incrustés de dorures. C'était la première fois que Vivian goûtait à ce fameux thé tibétain dont elle avait tellement entendu parler. Son père l'avait prévenue qu'il était considéré comme une offense de ne pas le boire et comme un outrage encore plus grand que de ne pas vider entièrement sa tasse. Dès qu'elle en eut avalé une gorgée, son bol fut à nouveau rempli à ras bord par un lama muni d'une grande bouilloire. Le thé contenait du beurre et du sel et ressemblait à une soupe épaisse, à la saveur assez agréable.

On échangea des politesses de part et d'autre puis le vieux lama posa une question que Surdar traduisit aussitôt :

— Il demande si vous aimeriez rencontrer l'oracle ? Il est célèbre dans le monde entier. Il avait prédit la date exacte et l'heure précise de l'armistice.

— Oh, oui ! s'exclama spontanément Vivian.

On les conduisit solennellement le long de couloirs déserts, jusqu'au temple. Il y faisait très sombre. Un puissant parfum d'encens régnait. Devant de grandes idoles brûlaient de petites lampes dont le combustible était du beurre et dont les flammes vacillaient. Tout était calme et silencieux.

Quand leurs yeux se furent habitués à l'obscurité, ils aperçurent un homme étrange, assis à l'autre bout de la pièce. Il était habillé de vêtements aux couleurs vives, chargés de broderies, et coiffé d'une tiare en or, décorée de pierres précieuses et surmontée de plumes. Il tenait un poignard magique et d'autres objets étranges dans ses mains. Ses yeux étaient fermés. Ses suivants, agenouillés autour de lui, portaient eux aussi des robes superbes.

A l'invitation du moine médecin, ils s'approchèrent. Vivian s'aperçut que l'oracle était en transe. Il haletait et balançait sa tête d'une épaule à l'autre, d'un mouvement régulier. Il articulait des mots qu'un lama transcrivait immédiatement tandis que les autres récitaient des incantations en se prosternant sur le sol.

— Qu'aimeriez-vous demander ? demanda Surdar à Vivian.

— Je ne sais pas, répondit-elle. A-t-il quelque chose à me dire ?

Surdar traduisit ses paroles au lama qui les avait accompagnés, qui lui-même les rapporta à l'un des lamas officiants, debout près du dais. Celui-ci prit alors la main de Vivian et l'amena devant l'oracle.

Un silence suivit, puis l'oracle se mit à produire des sortes de plaintes. Il tourna sa tête de droite à gauche et prononça des mots qui parurent incohérents. Il parla ainsi environ deux minutes, avant de retomber dans le silence. Vivian s'inclina respectueusement puis ils quittèrent le temple.

— Qu'a-t-il dit ? s'enquit-elle une fois dehors, à la lumière vive du soleil.

— Il a dit, répéta le guide, que vous n'étiez pas celle que vous sembliez être. Que vous auriez des problèmes mais qu'ils se résoudraient. Que vous deviez suivre les pas de la panthère des neiges si vous vouliez trouver la vie et l'amour. Que vous seriez réincarnée plusieurs fois, mais toujours pour le mieux.

— Quelle extraordinaire prophétie ! s'écria Vivian.

Pourtant, au fond d'elle-même, le fait que l'oracle ait dit qu'elle n'était pas celle qu'elle semblait être l'impressionnait.

— Tu crois qu'il a raison ? demanda-t-elle à son père, après qu'ils eurent quitté le monastère.

— D'après ce que je sais des oracles, des diseurs de bonne aventure ou des prophètes de toutes sortes, leurs prophéties se réalisent toujours, tant elles sont d'ordre général. Un peu de psychologie, un don d'observation particulièrement développé nous apprennent bien davantage que ce soi-disant don de double vue.

— Je te trouve bien cynique ! Si tu veux mon avis, l'oracle de Chumbi est très fort.

Le professeur éclata de rire.

— Attendons que tu aies des ennuis, répliqua-t-il. Tu ne seras peut-être pas aussi disposée à chanter ses louanges.

— Tu n'es qu'un vieux sceptique ! répéta affectueusement la jeune fille. Et je suis sûre que nous n'aurons aucun problème.

8

Jimmy la serrait dans ses bras.

— Je t'obligerai à m'aimer ! criait-il.

— Mais je t'aime ! Je t'aime ! répliquait-elle.

Et, subitement, le visage du jeune homme changeait étrangement, s'altérait peu à peu, pour ressembler à celui du capitaine Hastings...

Vivian s'agita et se réveilla. Elle avait tout simplement rêvé. Ce n'étaient pas des bras d'homme qui l'enlaçaient, mais son sac de couchage qui la serrait un peu.

Soudain, un coup de feu retentit... puis un autre. Affolée, Vivian bondit hors de sa couche et sortit de la tente en rampant. Dehors, son père se tenait à quelques pas du campement, le fusil épaulé, tirant sur deux hommes qui s'enfuyaient au galop, emmenant entre eux deux un poney.

Surdar et les coolies arrivèrent à leur tour. Surdar tira lui aussi mais les inconnus disparurent bientôt de leur vue. La lune n'éclairait pas suffisamment pour que l'on pût les distinguer de si loin.

— Que se passe-t-il ? cria Vivian, frissonnant dans le vent glacé.

— Des voleurs. Ils ont pris l'un de nos meilleurs poneys. Que le diable les emporte !

— Quel pays ! rétorqua Vivian.

Depuis leur arrivée dans cette étendue désertique, Vivian avait cherché en vain des signes de vie sur ces mornes plaines, à perte de vue, sans une seule maison ni même un arbuste.

Le jour, la couleur dominante était une sorte de jaune sale et terne, celui du sable et des cailloux. Rien d'autre. A part le lit d'une rivière asséchée qui rompait parfois cette absolue monotonie. Il semblait impossible que les troupeaux de gazelles ou d'ânes sauvages qui s'enfuyaient à l'approche des voyageurs puissent trouver la moindre nourriture sur une terre aussi aride. Seuls les sommets de l'Himalaya, étincelants sous le soleil, au loin, rappelaient au professeur et à Vivian le merveilleux paysage qu'ils venaient de traverser et qui n'était plus qu'un rêve oublié.

On les avait prévenus qu'ils risquaient de rencontrer des voleurs sur ces terres inhospitalières, et que dans la mesure du possible, ils devraient essayer de dormir dans les villes. Mais une seule expérience dans l'une de ces « auberges » qui n'avait d'auberge que le nom, suffit à les dissuader de renouveler la tentative.

Pari, la première ville qu'ils rencontrèrent, était en effet réputée pour être la ville la plus sale du monde. De loin, rien ne laissait présager pareille déconvenue, au contraire. Un immense château la protégeait, et elle semblait excessivement belle. Tout près se trouvait une petite île, au milieu d'un lac, sur laquelle des centaines de « cheveux du vent » avaient été érigés.

De plus près, ils découvrirent que la cité méritait amplement sa réputation. Depuis des années, les détritus étaient tout simplement jetés dans la rue si bien que leur niveau avait atteint celui des toits des maisons : Pari se trouvait littéralement enfoui sous ses propres ordures. Inutile de préciser que Vivian et son père ne s'avisèrent pas de faire une halte dans un tel endroit. Ils avaient continué leur route, dans l'espoir que la prochaine ville serait plus propre. Ils s'étaient montrés trop optimistes.

A leur arrivée, l'hôtelier les accueillit avec tous les honneurs. Toutes les maisons tibétaines sont plus ou moins construites sur le même plan. Elles s'élèvent en général sur deux ou trois niveaux. Au centre, une cour sur laquelle s'ouvrent des vérandas au premier et au second étage. Elles communiquent entre elles grâce à des escaliers extérieurs. La cour servant de dépotoir, les pièces du rez-de-chaussée sont occupées par les domestiques et les bêtes. Le maître de maison dort toujours au dernier étage car il serait inconcevable qu'un inférieur ou un serviteur dorme au-dessus de lui.

Vivian et le professeur furent introduits dans une grande pièce vide réservée aux voyageurs. Ils avaient apporté leur propre literie et leurs ustensiles de cuisine. Sage précaution. Ils devaient cependant utiliser le réchaud de la maisonnée et pour la première fois, Vivian sentit l'odeur âcre de la bouse de yack qui servait de combustible dans tout le Tibet. La fumée lui piquait les yeux et son écœurante amertume semblait avoir imprégné tout ce qu'elle avalait.

Dans la salle à manger, cinq ou six hommes étaient assis autour du feu. Surdar leur apprit que quatre d'entre eux étaient les époux de l'hôtelière. La polyandrie était pratiquée dans tout le Tibet. Quand une jeune fille se mariait, elle devenait automatiquement la femme de tous les frères de son mari. L'hôtesse était vêtue d'une large robe multicolore. Ses cheveux noirs étaient noués au-dessus de son crâne et agrémentés d'une immense coiffe ornée de turquoises et de corail. Elle était d'une saleté repoussante. Vivian apprit plus tard que ne pas se laver était considéré comme une vertu aux yeux des dieux et comme une protection contre les vents glacés et les poux, véritables fléaux des maisons tibétaines.

— J'adore l'aventure et les nouvelles expériences qu'elle nous fait vivre, papa chéri, dit-elle à son père, le lendemain matin. Mais pour rien au monde je ne passerais une autre nuit dans une maison tibétaine !

— Je suis d'accord avec toi, reconnut son père d'un air sombre.

Heureusement, ils avaient des tentes dans leurs bagages. Ils durent cependant se procurer pour les guides des tentes en peau de yack, comme celles qu'utilisent les nomades ou les bouviers lorsqu'ils se déplacent dans le pays avec leur bétail.

Le professeur était d'autant plus disposé à camper à la belle étoile que la nuit passée, les coolies s'étaient enivrés d'arak, la boisson la plus forte du Tibet. Ils en avaient tellement abusé que deux ou trois d'entre eux furent incapables de se mettre en route pour une longue journée de marche. Surdar leur infligea une bonne correction mais ils réagirent avec philosophie, apparemment habitués à être traités de cette manière. Ils restèrent à la traîne et atteignirent le campement bien après tout le monde, alors que l'on commençait à dîner, avant de reprendre la route pour passer la nuit dans un lieu plus sûr.

Surdar se montrait nerveux depuis qu'ils étaient arrivés dans cet endroit.

— La région est réputée pour ses bandits et ses voleurs de grands chemins, avait-il dit à Vivian. Ceux qui nous ont rendu visite l'autre nuit ont déjà répandu le bruit que nous avons de bonnes mules et beaucoup d'argent.

Vivian regarda les rochers escarpés, un peu plus loin. Ils semblaient se refermer comme un piège pour les voyageurs imprudents.

— Ne pourrions-nous obtenir une protection quelconque ? demanda-t-elle.

— J'ai déjà imploré les dieux, lui répondit Surdar, tout à fait sérieusement.

— Je ne doute pas de leur efficacité, confia la jeune fille à son père, mais je serais plus tranquille avec quelques valeureux soldats.

— Nous n'avons plus qu'à espérer que tout se passe bien, conclut son père avec résignation, en prenant son revolver pour vérifier qu'il était bien chargé.

Ils descendirent lentement dans la gorge, regardant sans cesse autour d'eux avec appréhension. Tout le monde avait les nerfs à fleur de peau. La peur est sans doute l'émotion la plus insidieuse et la plus contagieuse. Tout à coup, Vivian perçut un mouvement, au détour d'un rocher. La seconde suivante, cinq cavaliers surgissaient. L'un des coolies hurla mais les cavaliers demeurèrent impassibles. Immobiles, ils attendaient apparemment que le petit groupe parvînt à leur hauteur.

— Qu'allons-nous faire ? demanda anxieusement la jeune fille.

Le professeur hésita brièvement avant de lui tendre le second revolver dont il avait pris soin de se munir.

— Quand je dirai « feu ! », tire trois coups en l'air, sans t'arrêter. C'est notre seul espoir.

Ils avancèrent lentement. Quand ils furent à une trentaine de mètres des cavaliers, armés de fusils, le professeur brandit son revolver et cria :

— Feu !

Il tira en même temps que Vivian. Les détonations, amplifiées par l'écho, firent un bruit infernal. D'un seul mouvement, les cinq hommes firent volte-face et disparurent au grand galop, suivis des rires et des cris des coolies, mêlés aux insultes de Surdar, dont le sens échappa à Vivian.

Ils sortirent de la vallée encaissée qui débouchait sur une plaine où ils campèrent pour la nuit. Devant eux, sur une colline fortifiée, se dressait la ville de Gyang-tse. Au loin, les montagnes enneigées veillaient.

Vivian ne savait pas ce que l'avenir lui réservait, mais un sentiment de triomphe la transportait. Même son appréhension à l'idée d'affronter le capitaine Hastings s'était calmée. Depuis la frontière, elle avait parcouru deux cent cinquante kilomètres sans avoir été démasquée sous son déguisement et les rudesses du voyage l'avaient à peine ébranlée.

Au fur et à mesure qu'ils approchaient de la ville, celle-ci paraissait rapetisser, avec ses toits plats, écrasée par l'imposant château fort qui la surplombait. Il dominait la colline tout aussi fièrement que les châteaux du Rhin.

— C'est le plus beau du Tibet, affirma Surdar. Il a été détruit par des démons étrangers, mais les dieux ont exigé qu'il soit reconstruit.

Vivian savait que ces « démons étrangers » n'étaient autres que les membres de l'expédition Younghusband de 1904. Mais elle ne releva pas sa remarque. Elle désigna une solide bâtisse sur la colline, à environ un kilomètre du château.

— C'est là que vivent les soldats anglais, l'informa Surdar.

A ces mots, Vivian éperonna sa monture et rejoignit son père qui chevauchait seul à l'avant.

— Regarde, papa ! s'écria-t-elle en lui montrant le bâtiment. C'est là que nous allons. Nous avons réussi, et maintenant, advienne que pourra !

Le professeur sourit de la voir si gaie et, joyeusement, ils pressèrent l'allure jusqu'à Gyang-tse.

— Mais ce n'est pas très régulier, avait dit M. Andrews, l'agent de commerce anglais, quand Vivian lui avait expliqué qui elle était.

Il avait gratté son crâne grisonnant mais ses yeux avaient pétillé d'amusement et Vivian avait compris qu'ils n'auraient rien à craindre de lui.

— Je ne sais pas ce qu'en penseront les autorités d'ici, avait-il ajouté.

— Est-il bien nécessaire de les en informer ? s'était enquise Vivian.

— J'en ai peur. Je crois qu'une lettre très prudente et très diplomatique s'impose, mais cela risque d'être un peu long, miss Carrow. En attendant, vous avez quartier libre !

— Vous êtes un ange ! s'était-elle écriée.

— Il y a bien une ligne télégraphique qui nous relie à Kalimpong... avait risqué M. Andrews, avant d'éclater de rire quand Vivian lui avait répondu : « Oubliez-la ! »

Ils étaient à présent confortablement installés et finissaient de dîner. C'était le premier bon repas que faisait Vivian depuis des jours, et elle avait tellement mangé qu'elle se sentait incapable d'avaler une bouchée de plus.

— Je vous conseille de porter des culottes de cheval et des lunettes noires pour vous promener dans la ville, lui dit M. Andrews. On vous remarquera moins. Les Tibétains voient rarement des étrangères. Vous risquez d'être importunée, molestée ou de provoquer des attroupements. Ce n'est guère agréable, croyez-moi.

— C'est bien vrai ! intervint une voix, à l'autre bout de la table.

Vivian sourit à Tony Grayling, le jeune lieutenant chargé des soldats cantonnés à Gyangtse. Il la regardait d'un air admiratif. Grand et plutôt beau garçon, il avait gardé son teint frais d'écolier anglais, comme si les rigueurs du climat tibétain ne l'avaient pas affecté. Il semblait ravi de rencontrer une Européenne après six mois passés dans ce qu'il appelait « ce trou perdu ».

— Nous aurons peut-être la chance de faire un bridge à quatre, dit-il à Vivian, un peu plus tard dans la soirée. Je veux dire, quand le docteur sera de retour. Il s'occupe aussi de Yatang et fait sans arrêt la navette entre les deux camps. Mon capitaine fera le quatrième. Il est chez lui, pour l'instant, en congé de maladie. J'en ai d'ailleurs profité pour faire de sacrées parties de piquet avec Andrews.

— Vous n'avez pas d'autres distractions ? s'étonna Vivian.

— Hélas non ! Il ne se passe jamais rien. Heureusement, je pars dans six mois. Sinon, je crois que je deviendrais fou ! On me retrouverait avec les cheveux en pointe et on me prendrait pour une sorte de dieu local !

— A ce propos, j'aimerais bien visiter le monastère et le temple. Vous croyez que c'est possible ?

— Bien sûr ! Je vous emmènerai moi-même !

— Êtes-vous sûr d'être un guide assez expérimenté ?

— Je ne m'y suis rendu personnellement qu'une seule fois, je l'avoue. Mais je trouverai quelqu'un pour qui ces lieux de culte n'ont plus de secret.

— Il n'y a pas d'autres Anglais, ici ? Nous nous sommes laissé dire qu'un certain capitaine Hastings prendrait contact avec nous.

— Oh, Alex ! Il va et il vient. Je ne sais pas quand il sera de retour.

— Il va et il vient ? Que voulez-vous dire ?

Tony rougit brusquement. Il sembla peser ses mots avant de répondre :

— Eh bien, il s'occupe de choses et d'autres, par ici. Sur un plan administratif...

Vivian se mit à rire.

— Ne faites pas tant de mystères ! Pourquoi ne pas avouer qu'il est chargé d'espionner çà et là.

— Je n'ai pas le droit de vous en dire plus.

— Les ordres sont les ordres, n'est-ce pas ?

— Exactement !

Vivian apprécia son sens du devoir, car il n'aurait pas demandé mieux que de s'entretenir ouvertement avec elle.

— Je suppose que M. Andrews sait pourquoi tu es là ? dit-elle à son père quand ils se retrouvèrent seuls dans le petit salon que l'on avait mis à leur disposition.

— Bien sûr, mais il ne sait pas grand-chose de plus. Nous devrons attendre le retour du capitaine Hastings. J'en profiterai pour jeter un coup d'œil sur la ville et ses environs, dans la mesure où on me le permettra. J'ai déjà prétendu que nous avions l'habitude de commencer la journée par une promenade à cheval. J'ai expliqué que les Anglais tenaient à prendre de l'exercice quotidiennement. Le Kenchung, l'autorité locale, nous autorise à nous rendre où nous le voulons, à l'intérieur de certaines limites, néanmoins.

— Bon, c'est déjà une bonne chose. Tu lui as parlé dans sa propre langue ?

— Je m'en suis bien gardé ! Je lui ai dit que ni toi ni moi ne comprenions un traître mot de tibétain et que nous n'avions pas l'intention d'essayer. En fait, je me suis fait passer pour quelqu'un de très superficiel et, par l'intermédiaire de mon interprète, je lui ai assuré que je n'avais d'autre désir que de passer des vacances tranquilles et sportives.

— J'espère qu'il t'a cru.

Le lendemain matin, ils n'en doutaient plus. Le professeur avait dû se montrer convaincant car on leur permit d'aller faire courir leur cheval à plusieurs kilomètres de la ville.

Dès qu'ils furent hors de vue, le professeur sortit une paire de jumelles de sa poche et examina attentivement les collines environnantes.

— Voilà le col dont Andrews m'a parlé. D'après lui, on peut le franchir sans encombre, bien qu'il soit fort peu fréquenté.

Il se tourna vers sa fille et lui tendit les jumelles.

— Je pourrais par exemple feindre de m'y être perdu et y rester durant plusieurs jours. De ton côté, tu t'inquiéterais de ma disparition et enverrais avec Andrews une équipe à ma recherche ;

elle me retrouverait sur la route de Lhassa, qui passe là-bas, à droite.

— L'idée me paraît bonne. Tu emmèneras Surdar ?

— Je l'espère. Je crois que nous pouvons lui faire confiance, bien que je n'aie toujours pas percé le mystère de son arrivée providentielle. De toute façon, je ne ferai rien tant qu'Alexander ne sera pas là. D'après Andrews, il ne devrait pas tarder.

Vivian souhaitait presque le retour du capitaine Hastings, à présent, puisque sans lui, ils ne feraient rien, mais elle ne s'attendait pas à être exaucée aussi rapidement. Lorsqu'ils rentrèrent pour déjeuner, après leur promenade, ils tombèrent sur le capitaine en personne, debout dans le salon du Block House.

— Comment allez-vous, professeur ? lança-t-il gaiement en lui serrant la main.

Puis il se tourna vers Vivian et lui serra la main sans un mot.

— Surpris de me voir ? demanda-t-elle.

Elle se sentait nerveuse et contrariée qu'il ne se montre pas plus étonné de sa présence ici. En outre, il eut ce petit sourire que Vivian détestait.

— Je le sais depuis que je vous ai laissée à Darjeeling, répondit-il tranquillement.

— Curieux que vous n'ayez rien fait pour m'en empêcher, rétorqua-t-elle avec humeur.

Elle ne comprenait pas pourquoi cet homme avait le pouvoir de la faire sortir de ses gonds aussi facilement.

— Pourquoi aurais-je privé l'équipe d'un membre aussi charmant ?

Elle n'eut pas le temps de trouver la réplique qui s'imposait : le déjeuner fut annoncé. Le capitaine parla très peu durant le repas. Vivian, de son côté, accorda toute son attention à Tony. Grâce à lui, elle put bavarder à bâtons rompus et plaisanter, de sorte qu'elle ne vit pas le temps passer.

— Aimeriez-vous visiter le monastère cet après-midi, miss Carrow ? lui demanda Tony, au dessert.

— Avec plaisir ! Nous devions d'ailleurs y aller ensemble.

— Si cela ne vous ennuie pas, Tony, j'emmènerai moi-même miss Carrow, dit le capitaine Hastings. J'aimerais lui montrer une ou deux choses en particulier.

La déception se peignit sur le visage du jeune homme mais il répondit :

— Bien sûr que non, Alex.

Il regardait le capitaine avec une telle admiration, une telle adoration juvénile que Vivian ravala les mots de protestation qu'elle s'apprêtait à prononcer. Elle ne voulait pas mêler Tony aux frictions qui existaient entre le capitaine Hastings et elle. Elle décida cependant de se venger en se montrant particulièrement froide et indifférente, même si l'après-midi s'avérait passionnant. Mais elle eut du mal à jouer le jeu.

Ils traversèrent à cheval la place du marché ; elle appartenait au monastère, de même qu'une bonne partie des quartiers résidentiels de la ville.

— Ne soyez pas fâchée, Vivian, dit Alexander. Je vais vous faire découvrir des choses extraordinaires.

Elle faillit se rebeller puis songea qu'après tout, il était bien placé pour lui servir de guide. Elle répondit alors avec un sourire hésitant :

— Très bien... Alexander.

— Appelez-moi Alex, comme tout le monde !

Ils demeurèrent silencieux jusqu'aux abords du monastère situé à flanc de colline, au nord de la ville.

Les chevaux progressaient lentement sur le chemin abrupt. Alex se tourna vers la jeune fille et lui tendit la main.

— Voulez-vous que nous soyons amis ?

Son geste la surprit. Impulsivement, elle mit sa main dans la sienne et il la tint fermement. Soudain, elle eut peur de la force qui émanait de cet homme énigmatique et impénétrable qu'elle connaissait si peu.

— *Amis* ? Oui, bien sûr, dit-elle fermement en appuyant sur le mot.

Ils furent accueillis par un lama qui les mena à l'abbé du monastère avec lequel ils prirent le thé. Puis on les emmena visiter les lieux.

Sans être particulièrement grand, le monastère de Gyang-tse présentait un intérêt historique certain. Les autorités de Lhassa reconnaissaient son importance. Les Tibétains parcouraient des kilomètres pour effectuer des pèlerinages à la Pagode d'Or. Vivian avait en effet remarqué la grande chapelle dorée dont le toit conique étincelait au soleil. De nombreux moulins à prières étaient fixés à la base de la pagode. Les pèlerins en actionnaient la roue et à chaque tour, ils étaient pardonnés de leurs péchés et assurés d'être réincarnés plusieurs fois.

— Voilà ce que je voulais vous montrer, dit Alex. Venez.

Ils traversèrent le grand vestibule et montèrent jusqu'à une petite chapelle située au troisième étage. Contre les murs s'alignaient des statues représentant les dignitaires d'autrefois. Ils portaient de curieuses mitres et des robes de cérémonie. Vivian les examina et s'exclama :

— C'est curieux, on pourrait les trouver dans une cathédrale catholique, en France ou en Angleterre. Ils n'ont rien de tibétain !

— Exactement. C'est l'une des bizarreries de ce pays.

— Que voulez-vous dire ?

Leur guide lama priait dans un coin de la chapelle et Alex en profita pour prendre Vivian à part, bien qu'il y eût peu de chances que leur escorte comprît l'anglais.

— On prétend, murmura-t-il, que les anciens sages tibétains, à qui nous devons la philosophie yoga, sont les archétypes de la race aryenne.

— Comment serait-ce possible ?

— Chaque jour, de nouvelles preuves viennent accréditer cette thèse. Regardez par exemple les nez aquilins de ces hommes. Ils ne ressemblent pas du tout aux paysans au visage large et aplati que l'on voit un peu partout, ni même aux lamas.

Je vais vous montrer quelque chose d'encore plus étonnant.

Il l'emmena à l'intérieur du temple. A l'entrée, deux statues effrayantes étaient destinées à empêcher les esprits diaboliques de pénétrer dans le lieu saint et de tenter les moines qui priaient. Le plus grand silence régnait. Les flammes des petites lampes à beurre éclairaient faiblement le doux visage d'un bouddha enchâssé dans de l'or et des pierres précieuses. Alex emmena la jeune fille vers une autre statue.

— Voilà le « Bouddha qui doit venir ». Selon les bouddhistes, son avènement ne devrait pas tarder et il devrait apporter la paix au monde entier.

Vivian regarda l'immense dieu, le *Maiteya* qui se dressait devant eux : elle eut un mouvement de surprise. Au lieu d'être assis, les jambes en tailleur, il était représenté dans un fauteuil de style européen. Parée de vêtements chatoyants, sa peau frappait par sa blancheur et ses yeux mi-clos, perdus dans une contemplation méditative, avaient des reflets bleus.

— Un Européen ? s'étonna la jeune fille. C'est extraordinaire !

— La prophétie se réalisera peut-être, dit Alex. Un grand sage pourrait se révéler en Occident, qui sait ?

Peu après, alors qu'ils descendaient lentement du monastère vers la plaine ensoleillée, Vivian remarqua :

— Je croyais que vous redoutiez les moines par ici.

— Pas ceux de ce monastère. Le seul dont nous

nous méfions est celui de Kun-wa-pa. Mais je ferais bien de tout vous expliquer. Les lamas du Tibet sont répartis en deux sectes : les Bonnets rouges et les Bonnets jaunes. Ces derniers sont des bouddhistes à part entière et se distinguent par leur pratique spirituelle. Les Bonnets rouges, de rang inférieur, sont des moines belliqueux.

« Leur foi est fondée sur l'ancestrale religion païenne du *Bon-po*. C'était une religion fortement teintée de sorcellerie et de magie. Ils sont souvent pervers et hostiles au bouddhisme. Contrairement à ce que l'on pensait, le *Bon-po* n'est pas mort. Il semblerait même qu'il reprenne de l'ampleur. Les lamas tantriques n'agissent pas seulement sur les esprits superstitieux et craintifs des paysans, ils exercent aussi sur eux leurs pouvoirs maléfiques afin de les terrifier au point de les rendre dangereux.

— Voulez-vous dire que vous croyez à la magie noire et à toutes ces choses-là ? releva Vivian, incrédule.

— Si vous aviez vécu aussi longtemps que moi dans ce pays, vous auriez constaté que l'on finit par y croire, aussi invraisemblable que cela puisse paraître.

— Et ce sont les moines de Kum-wa-pa que vous soupçonnez de se liguer contre le cartel russe ?

Alex acquiesça.

— Ils sont extrêmement cupides et toujours prêts à faire main basse sur l'argent sans se compliquer la vie. La nuit dernière encore, l'un de nos hommes nous a rapporté des nouvelles plutôt inquiétantes.

« Demain, votre père va partir faire sa première tentative d'exploration des montagnes environnantes. Je veux que vous continuiez à agir et à vous promener un peu partout comme si de rien n'était, pendant deux jours. A ce moment-là, nous commencerons à nous agiter, et à répandre le bruit que le professeur s'est perdu dans le Kunlun. Vous devrez sembler très angoissée, comme si vous redoutiez qu'il ait pu avoir un accident.

— Mais êtes-vous sûr qu'il ne courra aucun danger ?

— Aucun. Notre plan est parfaitement au point. Le troisième jour, nous enverrons une équipe à sa recherche. Elle le retrouvera sur la route de Lhassa. Son guide sera réprimandé, mais après tout, il est originaire du Sikkim et n'est pas censé connaître la région mieux que son maître.

— Oui... fit Vivian d'un air dubitatif. Je suppose que vous ne me laisserez pas accompagner mon père ?

— Ce ne serait pas très habile. Théoriquement, votre père sera parti se promener avec un seul de ses guides. A cause des vents violents de l'après-midi et de la nuit qui tombe très vite, ils se seront éloignés de la route et auront erré ensuite dans la plaine, perdus. En réalité, ils franchiront directement le col et s'aventureront dans la zone que nous entendons explorer.

Tout à coup, un hurlement interrompit leur conversation. Au détour d'une étroite ruelle, un homme de forte corpulence armé d'un long fouet courait après un minuscule coolie en haillons. Il le rattrapa et se mit à le fouetter. Les coups pleuvaient sur sa tête et sur ses épaules. Le malheureux poussait des cris déchirants.

— Un voleur, sans doute, commenta brièvement Alex.

Il tourna sa monture vers une rue latérale, comme pour éviter les deux hommes, mais Vivian était révoltée par une telle brutalité. Le fouet avait entamé la joue du coolie et le sang coulait. L'énorme bonhomme ne semblait pas s'en émouvoir. Il continuait à frapper avec la même sauvagerie. Encore et encore. Le coolie, à peine sorti de l'enfance, était tombé à genoux. Il essayait vainement de se protéger de ses bras et il hurlait toujours. Sans réfléchir, Vivian dirigea son cheval vers le tortionnaire.

— Arrêtez ! cria-t-elle en anglais.

Mais le ton de sa voix était suffisamment éloquent. La brute s'immobilisa instantanément, le fouet levé. Sans la moindre hésitation, le coolie en profita pour se sauver et descendre la rue à toutes jambes.

— Comment osez-vous être aussi cruel ? s'indigna la jeune fille.

Le Tibétain lui répondit par un chapelet d'insultes et s'élança vers elle. Mais elle l'ignora et fit volte-face. Ulcéré par tant de dédain, l'homme leva son fouet et voulut la frapper. Vivian eut à peine le temps de faire un écart. Le fouet la manqua de peu mais elle avait perdu son chapeau qui avait roulé sur la chaussée.

Alex réapparut à ce moment-là. Il descendit de cheval, ramassa le chapeau tout en s'adressant au Tibétain sur un ton ferme et glacial. Ce dernier se tenait au centre de la rue dans une position provocante, les deux poings sur les hanches. Il lui répondit du tac au tac, désigna Vivian du doigt et laissa échapper un flot de paroles d'une violence inouïe.

Vivian l'ignora mais elle remercia Alex et remit son chapeau. Sans un regard en arrière, ils reprirent lentement leur chemin, suivis par les invectives de l'homme en colère.

— Que disait-il ? s'enquit Vivian quand ils furent hors de portée.

— Vous venez de commettre une sérieuse imprudence, répondit sèchement Alex. Il faut être folle pour intervenir dans une rixe locale.

— Si vous pouvez supporter d'assister à une telle barbarie sans réagir, moi pas !

Son ton autoritaire avait réveillé d'un seul coup toute l'hostilité de la jeune fille.

— Le problème est que vous n'êtes pas en position d'intervenir, jeta-t-il sévèrement.

— Qu'est-ce que cela peut faire ? s'obstina-t-elle, refusant d'admettre qu'il avait peut-être raison.

— On ne sait jamais... glissa-t-il d'un air énigmatique.

— Cet homme m'a maudite ? ne put-elle s'empêcher de demander au bout de quelques instants

— Oui, fit-il avec une grimace.

— Oh ! répliqua-t-elle avec légèreté. Nous verrons qui a raison, entre les malédictions d'un paysan tibétain et le scepticisme du XXe siècle.

— Malheureusement, cet homme n'est pas un paysan tibétain.

— Comment le savez-vous ? Vous le connaissez ?

— Pas le moins du monde, répondit Alex comme ils atteignaient le Block House et franchissaient la grille gardée par une sentinelle.

— Alors ? Comment le savez-vous ? répéta-t-elle agressivement.

— C'est un lama de la secte des Bonnets rouges.

Vivian se dit que c'était absurde, mais elle ne put s'empêcher de frissonner.

9

Tony était un jeune homme tout à fait charmant. Il avait le cœur élastique et ne pouvait s'empêcher de tomber amoureux de toutes les jeunes filles qu'il rencontrait. Bien entendu, dès qu'il posa les yeux sur Vivian, il tomba sous le charme.

Vivian s'en amusait et toutes ses attentions, son admiration non déguisée l'aidèrent à passer plus agréablement les journées qui suivirent : une tempête s'était levée, différant le départ du professeur. Aucun désespoir ou désir trouble dans les émotions qu'elle inspirait à Tony. Il restait lui-même. Pour lui, l'amour était simple, naturel et inévitable. Le plaisir évident qu'il éprouvait en sa compagnie aida Vivian à cicatriser ses blessures d'amour-propre.

Le capitaine Hastings se tenait de plus en plus à l'écart. Faute de distractions, Tony et Vivian passaient beaucoup de temps ensemble, à des occupations souvent très enfantines. Un jour, Alexander fit irruption dans le salon alors qu'elle et Tony, assis par terre, faisaient des châteaux de cartes.

— Attention aux courants d'air ! s'écria-t-elle, croyant s'adresser à son père.

Mais Tony demanda :

— Vous avez besoin de moi, Alex ?

Elle tourna alors lentement la tête pour rencontrer le regard du capitaine, et ses joues s'empourprèrent. Tony prit les papiers qu'il lui tendait, puis, après avoir attentivement écouté ses instructions, se dirigea vers le couloir.

— Je n'en ai que pour une heure, lança-t-il à Vivian avant de sortir. N'oubliez pas la revanche que vous m'avez promise au bésigue !

Quand il eut fermé la porte derrière lui, Vivian se leva et lissa les plis de sa jupe verte. Elle ne regardait pas le capitaine mais elle sentait qu'il l'observait. Au bout d'un moment, le silence devint oppressant, un silence lourd et chargé de sous-entendus. Incapable de le supporter plus longtemps, elle demanda avec une fausse désinvolture :

— Papa s'impatiente ? Combien de temps cette tempête durera-t-elle ? Inutile de lui demander de prendre la route avant qu'elle ne soit complètement terminée. Il préférerait mourir plutôt que de passer une seule nuit dans la montagne en ce moment !

Alex ne parut pas l'entendre. Les yeux fixés sur son visage à moitié tourné vers lui, il demanda très doucement :

— Pourquoi m'évitez-vous, Vivian ?

— Moi, je vous évite ? Quelle idée ! D'ailleurs,

j'aurais du mal à vous éviter, même si je le voulais.

— Vivian... (Sa voix avait vibré. Il fit un pas vers elle.) Regardez-moi.

Timidement, elle leva la tête et il capta son regard. Quelque chose d'impénétrable dans son expression l'effrayait. Pourtant, elle ne pouvait se soustraire à l'attraction de ses yeux. Elle murmura, d'une voix presque inaudible :

— Qu'attendez-vous de moi ?

Elle tremblait.

— Je veux vous apprendre à m'aimer, répondit-il gravement.

Il ne la touchait pas. Il ne s'était même pas rapproché d'elle. Pourtant, c'était comme s'il l'avait enserrée dans une étreinte dont elle ne pouvait plus s'échapper. Le souffle court, elle éprouva une étrange sensation, une sensation inconnue, une sorte de frémissement dans sa gorge. Alors, d'un mouvement brusque, elle tourna les talons et s'enfuit.

— Je vais me changer, parvint-elle à articuler, sans très bien savoir ce qu'elle disait. A tout à l'heure, pour le thé !

Elle avait essayé de parler de façon naturelle mais sa voix s'était brisée.

« Pourquoi suis-je dans cet état ? se demanda-t-elle en regagnant sa chambre. Qu'est-ce qui m'effraie ainsi, chez lui ? C'est ridicule ! Je n'ai jamais eu peur de personne jusqu'ici ! »

Les deux jours qui suivirent ne fournirent pas à Vivian l'occasion de se retrouver seule avec le capitaine Hastings et elle s'en réjouit. De plus, elle sut gré à Tony de lui tenir compagnie aussi souvent, ce qui rendait impossible tout tête-à-tête avec Alexander. Ce ne fut qu'au cinquième jour de leur réclusion forcée que Vivian se demanda si elle n'avait pas un peu agi à la légère : Tony voulut l'embrasser, alors qu'elle s'apprêtait à monter se coucher.

— Je vous en prie ! s'exclama-t-elle comme il essayait de l'enlacer.

— Vivian, vous êtes divine. Embrassez-moi...

— Il n'en est pas question ! rétorqua-t-elle vivement.

— Pourquoi hésitez-vous ? Vous êtes un don du ciel et je vous adore, ma chérie. Dites oui !

Il lui faisait penser à un petit garçon réclamant une gâterie, et elle se mit à rire.

— Ne soyez pas ridicule ! Vous oubliez toutes celles qui languissent de vous et s'endorment chaque nuit avec votre photo sous leur oreiller !

— Loin des yeux, loin du cœur ! répliqua-t-il gaiement.

Et avant que Vivian ait pu l'en empêcher, il déposa un baiser sur sa joue.

— Vous êtes incorrigible ! fit-elle en tapant du pied, bien qu'elle ne fût pas réellement en colère.

— Allons, soyez gentille, Vivian !

— Allez vous coucher ! Ou bien je crie !

— Bon, d'accord. Mais pour vous faire pardonner, vous allez me laisser vous emmener jusqu'à votre chambre !

Malgré les protestations, il la souleva dans ses bras.

— Tony ! Non, je vous en prie ! s'écria-t-elle en riant et en se débattant.

Ils ne se rendaient pas compte qu'ils faisaient beaucoup de bruit. Le capitaine Hastings ouvrit sa porte.

— Que se passe-t-il ?

Dans la semi-pénombre, il regardait Vivian. Morte d'embarras et passablement ébouriffée, elle se demanda s'il allait manifester de la réprobation ou du mépris mais son regard demeura insondable.

— Tout va bien, Alex. J'étais seulement en train de montrer mon sens de l'hospitalité à notre charmante invitée.

Sur ce, il transporta son fardeau qui se débattait toujours jusqu'à la chambre où il le laissa tomber sur le lit.

— Tony, vous êtes insupportable ! Je suis très fâchée !

Mais déjà, le jeune homme refermait la porte derrière lui, non sans lui avoir envoyé un dernier baiser.

Vivian demeura étendue sur le couvre-lit chinois. Déjà, elle ne pensait plus aux beaux yeux bleus de Tony. Seul Alexander occupait son esprit. L'avait-elle choqué ? Déçu ? S'imaginait-il qu'elle était incapable de se trouver en compagnie d'un homme sans l'entraîner à flirter avec elle ?

Il fallait toujours qu'il arrive au mauvais moment ! Pourtant, l'exaspération que Tony avait suscitée en elle n'avait rien de comparable avec sa détresse dans la tonnelle ou dans la cabine du prince Kowa... Mais Alex surgissait toujours quand elle se trouvait à son désavantage !

A nouveau, elle songea qu'elle le haïssait et sur ces considérations, elle s'endormit.

Des coups frappés à la porte tirèrent Vivian de son sommeil.

— Qu'est-ce que c'est ? demanda-t-elle.

— C'est moi, répondit son père en ouvrant la porte. Je pars, ma chérie.

— Le beau temps est revenu ?

Pour toute réponse, il se contenta d'ouvrir la fenêtre. Le soleil radieux qui baignait le paysage se passait de commentaires.

— Fais bien attention à toi, dit-elle anxieusement.

— Ne t'inquiète pas. Il n'y a aucun danger. Au pire, si je me faisais prendre, on m'empêcherait simplement de faire mon travail et on me ramènerait pour être jugé par le Kenchung.

— J'espère que tu réussiras et que je vais enfin pouvoir t'aider !

— C'est bien pour cela que je t'ai emmenée ! fit le professeur en lui tapotant affectueusement l'épaule.

— Merci, papa chéri ! Bonne chance ! Je prierai pour qu'il ne t'arrive rien.

— Essaie de ne pas briser trop de cœurs, pendant mon absence, dit le professeur avec un petit sourire. Et pour l'amour de Dieu, ne te mêle plus des bagarres locales !

— Ah... Alex t'a raconté.

— Oui. Il se fait du souci pour toi. Ce peuple est d'un tempérament rétif et rancunier. Avec eux, on ne sait jamais quelles peuvent être les retombées d'actes que nous considérons comme anodins.

— Alex n'est qu'un vieux radoteur !

— Au contraire, fit le professeur d'un ton plein de gravité. Il est l'un des jeunes gens les plus brillants que j'aie jamais rencontrés.

— Brillant ? s'étonna la jeune fille.

— Brillant et intelligent, et je me fie à son jugement. D'ailleurs, je l'ai chargé de veiller sur toi, pendant mon absence.

Comme Vivian ne répondait pas, il ajouta :

— Bon, je dois y aller.

Il embrassa tendrement sa fille. Peu après, elle l'entendit prendre congé de ses hôtes dans la cour.

Une heure plus tard, lorsqu'elle descendit déjeuner, Alex et Tony avaient déjà terminé. M. Andrews fut son seul compagnon.

— Quelles sont les nouvelles ? lui demanda Vivian.

— Seuls quelques bruits concernant le nord, du côté de la frontière avec la Russie. Mais on invente tellement de choses, dans ce pays, qu'on ne peut s'y fier.

Morose, il se servit une autre tasse de thé.

— Vous n'en avez pas assez de cette nourriture ?

— Elle n'est pas très variée, c'est vrai, admit-elle.

— C'est tout de même rageant de penser que les rivières de ce pays regorgent de poissons mais qu'on ne peut en profiter, faute de moyens de transport. De toute façon, les gens d'ici ne les mangent pas, pas plus que les poulets, d'ailleurs, qu'ils considèrent comme impurs.

— Pourtant, il paraît que les Tibétains adorent les œufs depuis que les Chinois leur ont transmis cette habitude alimentaire.

— C'est vrai, mais ils sont pratiquement avariés quand ils les consomment. Et inutile de demander à un paysan de vous vendre des œufs frais : ils ne comprennent même pas la signification de ce mot. Pour eux, un œuf de trois mois est un œuf frais !

M. Andrews semblait désespéré.

— Il faut d'ailleurs que j'aille me battre avec le cuisinier sans tarder. J'ignorais à quel point l'économie domestique pouvait s'avérer difficile.

Vivian se mit à rire.

— Vous ferez un mari parfait ! Un homme capable de comprendre les tribulations ménagères constitue une exception !

Malgré les récriminations de M. Andrews, les repas étaient tout à fait acceptables. En tout cas, ils étaient au goût de Tony, qui reprenait systématiquement deux ou trois fois de chaque plat. En plus de tout ce qu'il ingurgitait, il trouvait le temps de plaisanter à table et ce soir-là, il détendit l'atmosphère plutôt morose.

Retenu au monastère, M. Andrews n'avait pu rentrer à temps pour se joindre aux autres. Seuls Vivian, Alex et Tony se trouvaient donc rassemblés autour de la table à la lueur des bougies. Alexander était peu loquace et Vivian, toujours contractée en sa présence. Tony était donc le seul à parler, à lancer des calembours et des réflexions inattendues qui faisaient rire Vivian malgré elle.

— Vous croyez que tout va bien, pour papa ? demanda-t-elle à Alex, tandis qu'ils s'apprêtaient à monter se coucher.

— Je l'espère : tout repose sur lui. Demain, Tony et vous devrez m'aider. Nous signalerons sa disparition, le plus tard possible, dans la matinée. Tout cela devra paraître vraisemblable. Il faudra que vous fassiez semblant d'aller le chercher, d'être très inquiets. Vous prendrez un cheval et vous parcourrez la plaine en évitant la partie est, bien sûr.

— Je n'ose penser au froid qu'il va devoir endurer cette nuit.

— Surdar a pris une petite tente, dit Alexander pour la rassurer. Ils s'en débarrasseront avant que l'équipe de recherche ne les retrouve. Vous n'avez aucune raison de vous inquiéter, Vivian. Votre père lui-même m'a paru très confiant, ce matin, en partant. Mais je comprends vos craintes et j'aimerais pouvoir les apaiser.

— Merci. J'ai pourtant l'habitude de l'accompagner mais ce climat est tellement imprévisible... Et puis il n'est plus tout jeune.

Alex lui prit les mains.

— Bonne nuit. Essayez de dormir.

Il y avait une telle douceur et une telle compréhension dans sa voix que Vivian faillit lui avouer qu'elle avait un sombre pressentiment. Cela ne lui ressemblait pas. Elle n'était pas d'une nature angoissée. Pourtant, imaginer son père luttant contre les vents glacés qui balayaient ces montagnes inexplorées la remplissait d'épouvante.

Alors qu'elle ne s'y attendait pas, Alex baisa ses mains. Aussitôt, elle les retira. Les mots qu'elle voulait lui dire moururent dans sa gorge et elle disparut dans l'escalier.

Longtemps, elle arpenta sa chambre de long en large. Quand elle se décida finalement à se coucher, elle ne put trouver le sommeil. Devant ses yeux se dessinaient deux silhouettes qui luttaient sur des chemins impraticables avant de s'évanouir dans une obscurité menaçante. Finalement, elle se leva, mit sa robe de chambre et prit un chandelier. Frissonnant légèrement, elle descendit à la bibliothèque pour chercher un livre.

La porte était entrouverte. Une faible lumière filtrait de l'intérieur. Avançant silencieusement sur les tapis, elle jeta un coup d'œil à l'intérieur. Alex était assis au bureau. Il lui tournait le dos. Il n'écrivait pas, ne lisait pas non plus. Appuyé contre le dossier, la tête renversée en arrière, il semblait plongé dans ses pensées.

Tout doucement, elle battit en retraite jusqu'à sa chambre. Ainsi, Alex ne dormait pas non plus. Sans doute réfléchissait-il au plan qu'il avait mis en œuvre. Vivian pria avec ferveur pour son père. Malgré tout ce qu'on lui avait dit, elle savait au fond d'elle-même que les chances étaient contre lui.

— Vous devriez emporter un manteau, dit Alex, depuis le seuil, tandis que Vivian et Tony prenaient leurs chevaux.

Ils s'apprêtaient à partir pour leur prétendue quête dans la plaine.

— Vous croyez vraiment qu'ils nous seront utiles ? demanda Tony en allant néanmoins les chercher.

Pour l'heure, effectivement, cela semblait improbable : le soleil brillait dans un ciel d'azur, nécessitant plutôt des lunettes noires et un chapeau. Le capitaine Hastings s'approcha lentement de Vivian avant d'acquiescer. Puis, parvenu à sa hauteur, il murmura, de façon qu'elle seule puisse l'entendre :

— Bonne route. Et n'oubliez pas que vous êtes censée vous ronger les sangs pour le professeur.

— Je n'aurai pas vraiment besoin de me forcer, intervint-elle sèchement.

— Rappelez-vous aussi, continua-t-il sans avoir l'air de prêter attention à sa remarque, que vous devrez scruter les environs dans l'espoir de le voir apparaître. Sans arrêt. Même si vous savez bien que vous ne risquez pas de tomber sur lui.

Tony revenait avec les manteaux sur les bras. De fabrication locale, il s'agissait de ces lourdes pelisses en peau de yack que portent tous les voyageurs tibétains. C'était leur seul rempart contre les vents du soir. Vivian posa le sien sur le devant de sa selle et Alex l'arrima plus fermement.

— Vous ne serez peut-être pas rentrée avant que le vent se lève, et je ne veux pas que vous attrapiez froid.

Il y avait de la tendresse dans sa voix mais Vivian feignit de l'ignorer :

— Et vous avez déjà assez de problèmes comme ça, n'est-ce pas ?

Sans lui laisser le temps de répondre, elle toucha son cheval de sa cravache et le planta là. Les sabots sonnèrent sur les pavés de la cour.

— Au revoir, Alex, lança Tony. Je suis sûr que nous ramènerons le professeur !

— Je l'espère bien ! Bonne chance ! cria le capitaine, jouant son rôle au cas où des oreilles indiscrètes se trouveraient à proximité.

Vivian et Tony progressèrent lentement dans la plaine. Dans la ville, Tony avait salué plusieurs de ses connaissances. A chaque fois, il avait expliqué où ils se rendaient, et pourquoi. Le timbre clair de sa voix avait attiré sur le pas de leur porte de grosses femmes basanées. Chacun de leurs arrêts avait provoqué un attroupement de gamins et de curieux autour des chevaux. Parfois même, les badauds lui avaient posé des questions, auxquelles Tony s'était efforcé de répondre dans le dialecte local.

— Tout le monde sait maintenant que votre père s'est perdu, dit-il à Vivian. Les nouvelles se répandent comme une traînée de poudre, par ici. C'est aussi efficace que la radio !

— Vous ne croyez pas qu'Alex a eu tort de révéler la situation dès à présent ?

— Il ne pouvait agir autrement. Nos moindres faits et gestes sont rapportés par les domestiques. La moitié d'entre eux sont des espions, j'en suis sûr. Je ne serais même pas étonné d'apprendre que certains parlent anglais comme vous et moi.

— Cela m'étonnerait ! Ce sont des paysans illettrés.

— Alex est convaincu du contraire. Vous n'avez pas remarqué comme il fait attention à ce qu'il dit, à table, dès que l'on peut nous entendre ? Vous ne l'aimez pas, n'est-ce pas ?

Vivian fut surprise par sa question. Elle réfléchit avant de répondre.

— Je ne sais pas, avoua-t-elle presque malgré elle. Pour être franche, je crois bien que je le hais.

— Quoi ? Comment peut-on haïr Alex ? C'est impossible ! C'est l'homme le plus agréable que je connaisse !

— Vous ne le connaissez peut-être pas aussi bien que moi.

— Je ne crois pas. Je le connais depuis trois ou quatre ans, maintenant. Je l'ai vu dans les bons moments et dans les mauvais. C'est formidable de travailler avec lui ou sous sa responsabilité.

Il s'interrompit un instant.

— Il ne s'intéresse pas beaucoup aux femmes. Il est vrai qu'il n'en a guère l'occasion. A mon avis, il a tendance à les idéaliser.

— Ce n'est pas l'impression que j'ai eue !

— Vous savez, Vivian, j'aimerais vraiment que vous vous entendiez. Je le considère comme mon meilleur ami, et vous...

— Moi ?... releva-t-elle, espiègle.

Tony rougissait en cherchant ses mots.

— Je vous le dirai plus tard. Le premier qui arrive à ces rochers, là-bas !

Riant de sa timidité, Vivian accepta le défi. Ils

lancèrent leur monture au triple galop, sur le terrain pierreux sans pouvoir se départager.

Une heure plus tard, ils se retrouvèrent dans un désert absolu. Pas un signe de vie. Pas la moindre habitation. Seule une morne étendue aride, un sol stérile s'étirant sur des kilomètres jusqu'au pied des montagnes. Le fait même d'être sur ces terres totalement désolées paraissait incongru. Ici, les pâturages n'existaient pas et l'on pouvait errer pendant des heures sans rencontrer une créature vivante d'aucune sorte.

Aucun oiseau dans le ciel, aucun lapin ou petit rongeur, nulle part. Les renards et les loups restaient dans les montagnes. Même les nomades délaissaient ces contrées ingrates au profit des hauts plateaux qui offraient des pâturages à leur bétail. A midi, la chaleur était insupportable; Vivian et Tony mangèrent leurs sandwichs sans descendre de cheval et se désaltérèrent avec avidité à leur gourde.

— Vous croyez qu'on est assez loin ? demanda Vivian un peu plus tard, en épongeant les gouttes de sueur de son front.

— Alex nous a recommandé de passer la région au peigne fin. Mieux vaut continuer encore un peu.

Ils trottaient sans se presser, en continuant de bavarder. Ils venaient d'évoquer leur retour lorsqu'un cavalier apparut brusquement, un peu plus loin, au nord. Vivian l'observa tout en continuant de parler. L'homme faisait d'étranges gestes.

— Vous croyez que cet homme est en train de signaler notre présence ?

— Quel homme ?

A ce moment-là, plusieurs autres cavaliers vinrent se placer derrière le premier.

— Qui peuvent-ils être ? dit Tony, inquiet. Ce ne sont pas de simples voyageurs, en tout cas.

— Des voleurs ? supposa Vivian en pensant à ceux qui s'étaient emparés du poney.

— J'espère que non ! On fait demi-tour. Vite ! On s'en va.

Vivian s'exécuta... pour découvrir une autre bande de cavaliers, derrière eux. Lentement, ils avançaient à leur rencontre.

— Je n'aime pas ça, maugréa Tony.

Le cœur de la jeune fille battait à tout rompre. Ils étaient cernés. Instinctivement, ils lancèrent leurs chevaux au galop mais aussitôt, les inconnus tirèrent.

— Qu'est-ce qu'on fait ? s'écria Vivian sans ralentir pour autant.

— Couchez-vous sur la selle !

Avant qu'elle n'ait pu réagir, les balles crépitaient autour d'eux. Son cheval touché, s'écroula. Affolée, elle se vit rouler au sol qu'elle heurta violemment.

Lorsqu'elle reprit conscience, un instant plus tard, une douleur aiguë lui martelait le crâne. Elle regarda autour d'elle. Son cheval gisait, immobile, mortellement blessé au flanc. Le sang coulait à flots de la plaie béante. Les inconnus faisaient cercle autour de lui. Vivian parvint à s'asseoir et remarqua leurs visages, sombres, fiers, terrifiants sous leurs chapeaux rouges à large bord, noués sous le menton par d'épaisses lanières de cuir.

Le brouillard qui altérait sa vue se dissipa peu à peu. D'une main tremblante, elle repoussa ses cheveux en arrière et chercha désespérément Tony du regard. Elle aperçut soudain son cheval, indemne, à quelques pas. L'un des hommes avait mis pied à terre et le tenait par la bride. Effondré sur l'encolure de l'animal, la tête et les bras ballants, Tony semblait sans vie. Vivian fit un effort pour se relever.

— Tony ! cria-t-elle. Tony !

Mais on l'immobilisa et on lui ligota brutalement les poignets derrière le dos, sans tenir compte de ses protestations. Les brutes descendirent Tony de son cheval. Vivian, horrifiée, entrevit son visage livide. Ses yeux étaient fermés. Elle n'en sut pas davantage. On la souleva du sol pour la placer sans ménagement sur une selle en bois, derrière l'un des hommes.

Une corde passée autour de sa taille la liait à lui. Sans perdre de temps, ils se mirent en route, en direction des montagnes. Toujours étourdie par sa chute, Vivian avait l'impression de vivre un cauchemar. Elle ne parvenait pas à croire à ce qui lui arrivait. Mais la dureté de la selle de bois, ses poignets douloureux et le large dos de son ravisseur étaient là pour lui signifier qu'elle ne rêvait pas.

Elle réussit à se retourner et vit que l'un des hommes avait chargé Tony devant lui. Malgré l'angoisse qui la dévorait, elle fut rassurée de le savoir près d'elle, mort ou vif, quelle que soit leur destination et quoi qu'il arrive.

La troupe était composée d'une vingtaine de cavaliers mais heureusement, ils avançaient assez doucement. Sans doute à cause de leurs prisonniers, songea Vivian. Au bout de quelques kilomètres, elle ne put retenir ses larmes tant elle souffrait de l'inconfort de sa position.

Les Tibétains parlaient très peu entre eux. La jeune fille remarqua qu'ils semblaient plutôt aisés. Leurs harnais était agrémentés de clous en argent et de pierres précieuses. Leurs vêtements, bien que sales et malodorants, étaient en bon état et taillés dans des tissus de qualité. Quant aux fusils qu'ils portaient à l'épaule, elle n'en avait jamais vu d'aussi modernes.

L'homme assis devant elle mettait le sien tantôt contre lui, tantôt derrière, ajoutant alors au supplice de la jeune fille. Comme elle essayait de le pousser un peu pour trouver une position plus supportable, elle vit une inscription gravée sur la crosse. Ce n'était pas du tibétain. Le mouvement du cheval rendait la lecture difficile. Lorsqu'elle parvint enfin à la déchiffrer, elle s'aperçut que c'était une arme russe...

Sa frayeur ne fit qu'augmenter et la scène du moine fouettant le coolie dans la rue lui revint à l'esprit. Alex avait paru redouter les conséquences de son intervention... Et si ces hommes étaient beaucoup plus dangereux que de simples voleurs ?

Une véritable panique l'envahit. Jusqu'à présent, son inquiétude pour Tony l'avait empêchée de penser à son propre sort. Qu'allait-il lui arriver ? Vivian se mit à trembler et, machinalement, elle récita une prière. Qu'allait-il se passer si Tony était mort ? Et si malgré sa tenue masculine, ses ravisseurs découvraient qu'elle était une femme ? Et si ce n'était pas une rançon qu'ils voulaient, mais tout simplement une vengeance ?

Vivian se sentait au bord de l'évanouissement. Sa terreur était telle qu'elle en avait presque oublié les douleurs de son corps meurtri. Elle s'efforça de calculer le temps qu'il faudrait à Alexander pour comprendre que les choses ne s'étaient pas déroulées comme il l'avait prévu.

En principe, ils auraient dû rentrer à quatre heures de l'après-midi. A cinq heures, Alex commencerait peut-être réellement à s'inquiéter mais d'ici là, où seraient-ils ? Anéantie, Vivian se laissa aller contre le dos de son bourreau.

Un peu plus tard, les cavaliers firent une halte, juste le temps d'enfiler leurs pelisses pour se protéger des vents violents qui se levaient avec la nuit. On détacha brièvement les poignets de la jeune fille, afin qu'elle puisse mettre la sienne et, sans lui laisser le temps de détendre ses muscles endoloris, on resserra ses liens encore plus fort. Puis les hommes remontèrent sur leurs chevaux et se remirent en route. Le trajet dura environ deux heures.

Vivian, transie, sombra dans une semi-inconscience d'où elle n'émergea même pas lorsque la horde atteignit le sommet d'une montagne escarpée, et franchit enfin un immense portail donnant accès à une cour malpropre.

Alors seulement, les langues se délièrent. On criait, on s'appelait ; les portes s'ouvraient, des hommes couraient à la rencontre des nouveaux venus. Des mains rudes soulevèrent Vivian de la selle pour la mettre à terre mais, à peine debout, elle s'écroula, incapable de faire un pas.

Des bras la soulevèrent et on lui fit gravir un escalier branlant, qui menait au premier étage de la maison. La jeune fille se rendit seulement compte qu'elle traversait plusieurs grandes pièces où brûlait du feu ; puis on ouvrit une petite porte que l'on verrouilla, après l'avoir jetée sans ménagement sur le sol.

Elle y demeura longtemps, immobile et grelottante, un bras replié sous elle, les yeux clos, la joue contre la surface rugueuse. Le sang se remettait à circuler dans ses membres engourdis provoquant une douleur insupportable. Elle gémissait, sans pouvoir bouger.

Il lui sembla que des heures s'étaient écoulées quand elle entendit actionner la serrure. La porte s'ouvrit et un homme entra. Instinctivement, elle se traîna dans le fond de la pièce. Il lui tendit un grand bol en bois. Comme elle ne faisait pas un geste pour le prendre, il le posa par terre et ressortit comme il était venu, sans un mot.

Une étroite ouverture, ménagée dans le mur, donnait sur une grande salle ; de là entrait une faible lumière et un peu de la chaleur du feu. Plus tard, Vivian comprit que cette pièce était réservée aux domestiques et aux cavaliers de rang supérieur. Des bruits de beuverie lui parvenaient, étouffés par les murs.

Elle finit par prendre le bol en bois et s'aperçut qu'il contenait du thé. Elle n'avait pas mangé depuis longtemps mais elle avait trop froid pour sentir la faim. Ce thé n'était pas aussi bon que celui qu'elle avait bu au monastère de Chumbi. Il était très fort et on l'avait épaissi avec une substance qui lui donnait l'apparence d'une soupe. Ce n'était guère appétissant mais le breuvage la réchauffa, et au bout d'un moment, elle se sentit mieux.

Les bruits de la fête se poursuivirent jusqu'à une heure avancée de la nuit. Vivian, épuisée, sombra dans un sommeil agité, couchée à même le sol, couverte de sa pelisse. Elle fut réveillée en sursaut par le grincement de la porte. Deux de ses ravisseurs entrèrent dans sa prison. Ils lui redonnèrent un bol de thé et une sorte de boulette faite avec de l'orge. Comme ils l'observaient, elle la porta à sa bouche mais se sentit incapable de l'avaler. Elle but quelques gorgées de thé, et, tenant toujours la boulette à la main, elle fut brutalement poussée jusqu'à la cour.

Son manque d'appétit lui servit, car au lieu de lui attacher les poignets, on lui laissa les mains libres afin qu'elle puisse manger. Toutefois, on lui passa une corde autour de la taille, comme la veille. Quand elle sentit à nouveau le contact douloureux de la selle de bois, elle comprit qu'un voyage encore plus pénible que le précédent l'attendait.

L'aube se levait à peine. D'humeur maussade, les hommes fixaient leurs selles, reboutonnaient leurs vêtements, ajustaient leurs fusils. Vivian chercha Tony. Elle ne le vit nulle part et, désespérée, elle commençait à craindre qu'il ne fût mort dans la nuit et que les hommes aient abandonné son cadavre. Son cœur fit un bond quand elle aperçut deux de leurs ravisseurs qui descendaient l'escalier en portant Tony. Elle ne put s'approcher de lui et elle n'aurait su dire si le jeune homme était conscient ou non.

Un ordre sec fusa et les grilles de la cour s'ouvrirent. Lentement, les cavaliers se mirent en marche dans le matin gris.

10

— Ô mon Dieu ! Je voudrais mourir ! sanglotait Vivian.

Son courage l'abandonnait. Elle se plaignait à voix haute, à présent.

Ses jambes blessées par le frottement de la selle saignaient. Chaque pas du cheval lui faisait souffrir le martyre. Ils avaient chevauché toute la journée sous un soleil de plomb, sans même s'arrêter pour manger. Les Tibétains se contentaient d'un repas le matin, et d'un autre le soir. La chaleur avait été insupportable. Maintenant, le vent se levait à nouveau. Vivian espérait seulement qu'elle n'aurait pas trop froid et qu'elle pourrait bientôt se reposer.

Ils avaient voyagé plus lentement que la veille mais comme ils n'avaient pas fait une seule halte, elle supposait qu'ils étaient très loin de l'endroit où ils avaient passé la nuit. Elle avait à peine entrevu Tony. Deux hommes se relayaient pour le porter, mais ils étaient restés à l'arrière du groupe, alors que Vivian se trouvait à l'avant.

Ils avaient escaladé des pentes abruptes, traversé d'étroites gorges, longé des lacs. Nulle part, ils ne laissèrent la moindre trace susceptible d'indiquer leur passage. Durant la journée, l'espoir avait soutenu la jeune fille mais avec l'approche de la nuit il s'évanouissait. Elle se sentit submergée par la fatigue et la douleur ; elle n'avait plus la force de lutter. Incapable de se contrôler, Vivian sanglotait de détresse.

L'après-midi touchait à sa fin quand les hommes se mirent soudain à crier à tue-tête, tous ensemble. De tous côtés, l'écho leur répondit.

Vivian releva la tête et distingua, devant elle, une haute colline sur laquelle s'étageaient des constructions étranges. Les murs étaient peints en rouge et décorés de motifs aux couleurs vives. Les toits pointus des temples étaient décorés dans le style chinois. Vivian comprit très vite où ils se trouvaient. Avant d'entendre les conques résonner sourdement, avant de voir les lamas en robes rouges faire irruption des centaines de portes qui trouaient les murs, pour venir accueillir les nouveaux venus, elle savait que Tony et elle étaient prisonniers du célèbre monastère de Kunwa-pa.

On la conduisit jusqu'à un édifice assez grand pour abriter sept ou huit cents moines, situé au cœur du monastère. Là, son ravisseur descendit de cheval et déposa la jeune fille sur le sol. Des lamas criant et gesticulant les entouraient. Puis on emmena la prisonnière dans un vaste bâtiment.

On dut la porter le long d'un corridor sombre

et interminable menant à un réduit bas de plafond, sale et mal aéré, dans lequel on la poussa. Il n'y avait, pour tout mobilier qu'un matelas, dans un coin. Cette fois, les gardes s'attardèrent dans la cellule. Ils attendaient le deuxième prisonnier, Tony, que d'autres gardes amenèrent peu après. On le jeta brutalement sur le matelas puis, après avoir échangé des plaisanteries qui les faisaient rire grassement, les hommes s'en allèrent en verrouillant la porte.

Surmontant sa propre souffrance, Vivian parvint à se traîner jusqu'à lui. Elle contempla avec horreur le visage livide du jeune homme ; ses yeux étaient clos et son corps d'une immobilité alarmante.

— Tony ! articula-t-elle dans un souffle, tandis que les larmes recommençaient à couler sur ses joues. Tony !

Ses vêtements étaient maculés et raidis par le sang. La situation dramatique et sans issue dans laquelle ils se trouvaient apparut alors à Vivian dans toute son horreur et elle ne put retenir ses sanglots. Elle pleura sans retenue contre l'épaule du jeune homme. Cet épanchement dut la soulager un peu car, au bout d'un moment, elle parvint à se calmer et à trouver la force d'installer son compagnon dans une position plus confortable.

Elle s'aperçut alors qu'il avait été blessé dans le dos. Il était glacé, mais il vivait encore. Elle vérifia que son cœur battait toujours... oui, très faiblement, mais il battait. Elle couvrit Tony avec son propre manteau et se mit à grelotter dans le froid.

Dans le coin de leur cellule, elle aperçut une sorte de petit âtre. Il avait servi puisque le sol était noirci à cet endroit. Elle regarda autour d'elle et découvrit quelques détritus susceptibles de brûler ainsi que de la bouse de yack séchée. Dans l'une des poches de Tony, elle trouva des allumettes ; il lui fallut un bon moment avant d'arriver à faire prendre le feu. Comme il n'y avait pas d'aération, la chaleur se fit tout de suite sentir mais la fumée lui piquait les yeux et la gorge. Elle tendait les mains vers le brasier quand un bruit derrière elle la fit sursauter. Les yeux entrouverts, Tony essayait de parler.

— Tony, fit-elle doucement.

De ses lèvres craquelées s'échappaient des sons incohérents mais elle finit par comprendre un mot : « boire ».

Il revenait à lui ! Il vivait ! Sa joie soudaine lui fit oublier sa frayeur et elle se précipita contre la porte en bois qu'elle martela de ses poings, en hurlant. Mais seul lui répondit l'écho de sa propre voix. Pourtant, au bout d'un long moment, des pas résonnèrent dans le couloir. Vivian savait heureusement dire « eau » et « thé » en tibétain. Elle cria ces mots à travers le battant et les pas s'éloignèrent.

Ensuite, elle attendit. Des heures semblèrent s'écouler sans que personne ne revienne. Et s'ils ne tenaient pas compte de sa demande ?

A nouveau, Tony avait sombré dans l'inconscience. Seul le tremblement occasionnel de ses lèvres indiquait qu'il était vivant. La jeune fille lui parlait régulièrement mais il ne répondait pas. Elle entretenait le feu et grâce à la lumière des flammes, elle pouvait voir le visage du jeune homme, surveiller ses réactions. Enfin, elle entendit du bruit. On venait. La porte s'ouvrit et deux lamas entrèrent. L'un tenait le fouet rituel, l'autre deux bols qu'il posa par terre : le premier contenait du thé et le second de la farine d'orge. Les lamas s'approchèrent du matelas où gisait Tony et se penchèrent sur lui en se parlant entre eux.

— Il lui faut un docteur. Il est malade, leur dit Vivian en anglais.

Puis elle répéta « malade » en tibétain, ainsi que « médecine », des mots qu'elle avait retenus de ses leçons. Les lamas ne semblaient pas se soucier d'elle, alors elle les répéta. Tout à coup, le fouet claqua dans sa direction, sans la toucher mais avec dédain, comme l'on fait taire un importun d'un geste de mépris. Toujours en parlant entre eux, les lamas repartirent. Vivian serra les poings avec rage. Elle les aurait tués avec plaisir ! Mais elle se rendait compte de sa totale impuissance.

— Alexander, murmura-t-elle pour elle-même. Oh, Alex ! Venez ! je vous en prie ! Il faut que vous nous trouviez !

Puis elle approcha le bol de thé de Tony et lui en humecta les lèvres. Elle en renversa beaucoup avant de parvenir à lui en faire boire un peu. C'est alors qu'elle se rendit compte à quel point elle avait faim. Elle mélangea un peu de thé avec la farine, comme elle avait vu faire les Tibétains et elle mangea. Puis elle but un peu de thé en s'efforçant d'ignorer le dégoût que lui inspiraient les grosses bulles de graisse qui flottaient à la surface.

Quand elle eut fini, une grande fatigue l'envahit. A la chaleur du feu, ses membres échauffés l'élançaient. Tout son corps la faisait souffrir. Elle finit cependant par s'endormir, recroquevillée sur elle-même, tandis que le feu grésillait dans la nuit.

Quelque chose la dérangea. Quelque chose qui venait de très loin. Elle émergea malgré elle de la douce torpeur où elle avait trouvé l'oubli. La voix finit par la réveiller tout à fait. Elle revint brutalement à la réalité en se souvenant de l'endroit où elle se trouvait. Ses membres glacés la faisaient toujours souffrir. A nouveau, un bruit s'éleva, venant du fond de la pièce. C'était Tony qui l'appelait, d'une voix faible. Elle se traîna jusqu'à lui à genoux. A la lueur vacillante du feu mourant, elle constata qu'il avait ouvert les yeux ; que ses lèvres formaient son prénom, sans arrêt.

— Je suis là, Tony. Tout va bien. C'est moi, Vivian.

Il la fixa tout d'abord d'un regard vide puis il murmura :

— Où sommes-nous ?

— Nous sommes prisonniers. Au monastère de Kun-wa-pa, je crois. Comment vous sentez-vous ?

— J'ai peur. Vivian, je ne peux pas bouger.

Effectivement, seuls ses yeux dans son visage livide semblaient dotés de vie. Pour la première fois, elle remarqua à quel point son corps était anormalement inerte. Il gisait exactement dans la même position où elle l'avait installé, la veille.

— Vous souffrez ?

Elle fut soulagée quand il lui répondit :

— Non, mais j'ai soif.

Elle parvint à se mettre debout, malgré les crampes qui rendaient ses mouvements difficiles, et prit les deux bols de bois. Il ne restait qu'un peu de thé, dont la surface était recouverte de graisse coagulée, d'un aspect repoussant. Elle rejoignit Tony d'un air abattu :

— Il n'y a plus rien. Que pourrais-je faire ? Même s'ils nous apportaient de l'eau, ce serait de la folie de la boire.

— Donnez-moi une cigarette, s'il vous plaît.

Elle trouva le paquet dans sa poche et en alluma une, qu'elle lui mit entre les lèvres. Elle dut le faire fumer elle-même car il ne pouvait même pas bouger les bras. Elle se sentait nerveuse car au Tibet, fumer n'était pas admis et le tabac était interdit et condamné, tout autant que l'opium en Europe.

— J'ai froid, gémit Tony au bout d'un moment.

Elle prit dans la sienne sa main sans vie, tellement glacée qu'elle ne parvint pas à la réchauffer. Elle essaya alors de ranimer le feu. Les lamas leur donneraient-ils du combustible ? S'ils devaient passer plusieurs nuits dans un froid pareil, ils allaient mourir, sans aucun doute.

Tony prononça encore un ou deux mots avant de retomber dans sa torpeur. Vivian resta longtemps à le contempler. Une pâle lueur grise, à travers les fentes du volet, lui apprit que le jour se levait. Elle se leva et ôta la barre qui retenait le volet d'une minuscule meurtrière, protégée par d'épais barreaux.

La vue donnait sur les toits inférieurs du monastère, tellement rapprochés les uns des autres que l'on ne voyait rien d'autre. Pas le moindre signe de vie. Au-delà du village et de quelques maisons disséminées autour, s'étendait une grande plaine jaune, dépourvue d'arbres et totalement déserte, dans la timide clarté de l'aube.

La gorge de Vivian se serra. Tout espoir d'être secourue était vain. Les hautes montagnes qu'ils avaient traversées la veille encerclaient la plaine, traîtresses et inexplorées, où seuls des Tibétains pouvaient s'aventurer. Quelle chance leur restait-il, à Tony et à elle, d'échapper au sort qui les attendait : mourir de froid, de faim ou... d'une façon encore plus horrible ?

Anéantie, elle referma le volet, préférant la chaleur nauséabonde de la cellule aux morsures du vent glacé. Elle dégagea le front de Tony, et resserra les manteaux autour de lui. Que pouvait-elle faire de plus ? Même si elle avait pu le retourner pour examiner sa blessure, elle n'avait ni eau ni pansements pour le soigner.

Totalement impuissante, il ne lui restait plus qu'à prier pour qu'un miracle survienne. Elle pensait à Alex. Allait-il deviner ce qui leur était arrivé ? Et même s'il se doutait de l'endroit où on les retenait, comment pourrait-il s'y introduire ?

Une heure plus tard, les verrous de la porte de leur prison grincèrent et deux hommes entrèrent. Vivian constata avec surprise que l'un d'entre eux apportait un sac de combustible pour le feu et l'autre, un grand chaudron sale, empli de thé. Ce dernier jeta aussi aux pieds de Vivian un petit sac en peau, comme ceux que portaient les paysans pour y mettre leur *tsampa*, de la farine d'orge grillée mélangée à du thé salé. Ils ouvrirent le volet puis, après avoir inspecté la cellule, ils ressortirent.

Vivian s'étonna de ces attentions mais leur en fut reconnaissante. Elle réchauffa le thé et utilisa leur bol de la veille pour en donner un peu à Tony. Un peu plus tard, des bruits de voix et de pas pressés retentirent dans le couloir. A nouveau, la porte s'ouvrit et des lamas en robes rouges entrèrent. Ils tenaient apparemment un rang supérieur à ceux de la veille.

Ils précédaient en fait un autre lama, manifestement un dignitaire de plus haute importance. Il portait une robe chinoise magnifiquement brodée et, sur la tête, un bonnet pointu pourvu d'oreillettes pour l'instant relevées et qui laissaient apparaître un pendant d'oreille de corail et d'argent, indiquant ses origines aristocratiques. Les hommes de sa suite, de taille imposante et à la mine hargneuse, faisaient insolemment claquer leurs fouets, même vers les moines plus humbles préposés à leur service.

Le lama regarda Vivian puis Tony. La jeune fille l'observait sans rien dire. C'était un homme d'âge mûr, dont le visage trahissait la cruauté mais aussi les égarements d'une vie dissolue. Tony demeurait inconscient, les yeux clos. L'un des assistants fit claquer la lanière de son fouet sur ses jambes.

Ulcérée, Vivian ne put s'empêcher de réagir :

— Comment osez-vous frapper un homme malade ? cria-t-elle. Ne voyez-vous pas dans quel état il est ? Il est peut-être en train de mourir.

S'ils ne comprenaient pas le sens de ses mots, le ton de sa voix était très clair. Toute frêle dans ses vêtements de cheval, elle les défiait du regard, sans ciller, la tête droite, les poings serrés. Personne n'aurait pu deviner la peur qui faisait battre son cœur à tout rompre.

Un instant, ils la regardèrent avec stupeur, pris de court par cette intervention inattendue. Elle profita de leur surprise pour s'adresser à leur chef :

— Nous sommes anglais. Vous n'avez pas le droit de nous retenir prisonniers. Je veux que vous nous rameniez à Gyang-tse.

Sa fureur lui faisait oublier toute prudence : qu'ils la comprennent ou non, elle devait leur dire ce qu'elle pensait de leurs manières !

— Je l'exige ! Vous êtes en train de commettre un outrage.

Le lama se frotta le menton d'un air pensif. Il scrutait Vivian de ses petits yeux noirs, puis il adressa quelques mots à voix basse à l'un des hommes de son escorte qui se trouvait près de lui. Ce dernier s'avança alors vers la jeune fille et, sans lui laisser le temps de réagir, il la saisit à l'encolure et arracha ses vêtements. Le tissu se déchira avec un bruit sec qui se mêla au cri de Vivian. Elle se retrouva à moitié nue devant eux, révélant clairement à ces dignitaires que ce n'était pas un jeune homme qui venait de les défier.

Elle essaya désespérément de rabattre ses dessous de soie sur elle, de protéger sa poitrine des regards malsains et humiliants qui la transperçaient. Un petit sourire flottait sur les lèvres du lama, puis il se retourna et sortit de la pièce, suivi de son escorte. Ceux qui fermaient la marche en profitèrent pour s'attarder dans la contemplation de la jeune fille et elle eut l'impression qu'il n'y avait pas que de la curiosité dans leurs yeux, mais aussi de la lubricité.

Dès qu'ils eurent refermé la porte, elle se mit à la recherche d'une barre susceptible de la protéger de leurs irruptions intempestives mais elle ne trouva rien. Il n'y avait aucun verrou intérieur. Ses mains palpèrent longtemps le battant, sans résultat. Alors elle se laissa tomber sur le sol, secouée par les sanglots.

Des voix dans le couloir la firent sursauter. Elle recula, essayant de ses doigts tremblants de refermer sa chemise déchirée. Alors, lentement, très lentement, la porte s'ouvrit à nouveau, laissant place à l'apparition la plus épouvantable qu'elle eût jamais vue.

Un homme, au visage sale et noir, aux cheveux longs et collés par la crasse qui retombaient en mèches folles sur ses épaules. Sa robe, maculée de taches de graisse, avait dû être rouge, autrefois. Autour de son cou pendaient des chapelets faits d'os humains. Sa taille était parée d'une étrange ceinture composée d'objets mystérieux, dont un crâne et un fémur de femme. Vivian comprit alors qu'elle était en présence d'un sorcier tantrique.

Elle en avait rencontré un ou deux à Gyang-tse. Le peuple les traitait avec un respect mêlé de crainte qui l'avait étonnée. Son père lui avait un peu parlé de leurs pratiques immondes, de ce qu'ils faisaient des cadavres, des méthodes qu'ils employaient pour terroriser le peuple, aveuglé par la superstition. Aucun Tibétain n'osait s'opposer à un sorcier. Ils savaient trop bien ce qu'ils encouraient : la mort de leur bétail, d'incurables maladies pour eux-mêmes, des orages très violents qui détruisaient leurs récoltes. Et tout le monde fuyait ceux qui avaient été ainsi maudits. Parfois, ces sorciers prescrivaient des remèdes à base de plantes, dont les médecins asiatiques avaient reconnu l'efficacité, mais la plupart du temps, ils s'en tenaient à leurs pratiques de magie noire.

La terrifiante créature avança de quelques pas et entonna un curieux mantra. Sa voix rêche montait et redescendait sans transition. Les moines qui l'avaient accompagné refermèrent la porte et il se retrouva seul avec Vivian et Tony, toujours sans connaissance. La jeune fille se rapprocha du matelas comme si Tony pouvait la protéger. La frayeur lui desséchait la gorge.

Sans cesser de chanter, le sorcier avançait toujours vers Tony, très lentement. Fascinée, Vivian ne parvenait pas à détacher son regard de cet incroyable personnage. Comment pourrait-elle l'empêcher de toucher Tony ? De porter la main sur lui ?

Toutes les histoires qu'elle avait entendues à propos des croyances, des orgies rituelles, de la débauche des adeptes du tantrisme lui revinrent à l'esprit. Le sorcier se rapprochait. Puis il cessa de chanter et tendit les bras. Presque involontairement, Vivian se dressa sur ses pieds et s'interposa pour protéger le malade. Elle aurait voulu hurler mais sa voix s'éteignit dans sa gorge, étouffée par la terreur.

C'est alors que dans un souffle, le sorcier murmura :

— Tout va bien. N'ayez pas peur.

Sur le moment, Vivian crut qu'elle était devenue folle. Elle contempla le sorcier, les yeux écarquillés, les lèvres entrouvertes. Le fait qu'il avait parlé anglais s'imposa enfin à son esprit.

— C'est moi, chuchota le sorcier.

Le cœur de la jeune fille fit un bond dans sa poitrine. Elle crut s'évanouir de soulagement.

C'était Alex. Alex déguisé ! Sous l'effet du choc, Vivian fut incapable d'articuler un son. Des larmes se mirent à ruisseler sur ses joues et elle tendit ses mains tremblantes vers lui.

— Pas d'imprudence !

— Ô Alex, Alex ! murmura-t-elle enfin. Comment avez-vous réussi à nous retrouver ?

— Je vous expliquerai. Nous n'avons pas de temps à perdre. Il nous faut sortir d'ici au plus vite. Je sais ce qu'ils ont l'intention de faire.

Sa bouche avait pris un pli dur à l'évocation des horreurs qu'ils s'apprêtaient à commettre. Il se pencha sur Tony et le retourna avec précaution pour regarder sa blessure : une plaie béante et pas belle à voir. Vivian resta pétrifiée. Le sang et l'aspect de la lésion lui soulevèrent le cœur. Tout se mit à tourner devant elle mais elle se mordit les lèvres et parvint à se contrôler. Elle savait que des épreuves bien plus redoutables l'attendaient et elle devait faire appel à tout son courage.

Doucement mais avec des gestes précis, Alex nettoya la plaie et la pansa. Déjà, la peau était décolorée autour de l'impact de la balle et la jeune fille, qui avait quelques notions de secourisme, savait que sans l'intervention rapide d'un chirurgien, une telle blessure serait fatale.

Quand il eut fini et qu'il eut à nouveau étendu Tony sur le dos, Alex lui fit avaler plusieurs pilules. Puis il dit à Vivian :

— Je reviendrai vous chercher demain à l'aube. Tenez-vous prête à partir.

— Et Tony ? On ne peut pas le laisser là !

Alex passa doucement sa main sur le front du jeune homme. Malgré son maquillage, Vivian remarqua à quel point la compassion altérait ses traits.

— Tony ne passera pas la nuit, dit-il d'une traite. Et si par miracle, il s'en sortait, il resterait paralysé.

— Ce n'est pas possible ! Oh, Alex ! Dites-moi que ce n'est pas vrai !

— Chut !

Dans son émotion, Vivian avait involontairement haussé le ton et Alex se remit à chanter tout en regagnant la porte. Il frappa contre le battant qui s'ouvrit immédiatement et, sans un regard pour Vivian, il disparut, l'abandonnant à sa solitude.

Après son départ, elle se demanda l'espace d'un instant, si elle n'avait pas rêvé. Comment Alexander avait-il pu s'introduire dans le monastère sous un tel déguisement et sans éveiller les soupçons de personne ?

Elle lui en était infiniment reconnaissante, mais il y avait toujours des larmes dans ses yeux. Tony... Il gisait toujours sur le matelas, dans une immobilité totale, inconscient, d'une pâleur effrayante. Jamais plus elle ne l'entendrait rire, la taquiner; jamais plus ils ne s'amuseraient comme des enfants; jamais plus il ne lui ferait la cour avec des maladresses de petit garçon...

C'était trop injuste, trop cruel.

« Ce n'est pas vrai », essayait-elle de se dire, incapable de supporter le chagrin que lui infligeait ce coup du sort. Mais elle avait vu la blessure dans son dos et elle savait qu'il n'y avait rien à faire. La balle avait pénétré dans la colonne vertébrale et comme Alex l'avait dit, même si le jeune homme s'en tirait, ce qui paraissait improbable compte tenu des circonstances, il ne retrouverait pas l'usage de ses membres. N'était-ce pas plus terrible que la mort ?

Les pilules qu'Alex lui avait données semblaient l'avoir plongé dans une torpeur encore plus profonde. Sa respiration était calme et régulière. Au moins, il ne souffrait pas. Vivian passa la plus grande partie de la journée à surveiller ses réactions.

Elle n'essaya pas de deviner comment Alex allait s'y prendre pour l'emmener avec lui. Elle savait seulement qu'il serait là à l'aube, comme il le lui avait promis et elle lui faisait confiance. Dans l'après-midi, le vent se leva et elle ferma le volet avant de rallumer le feu. Elle mangea un peu et se désaltéra, sachant qu'elle aurait besoin de toutes ses forces dans les heures prochaines mais elle mit de côté de la farine d'orge, en pensant qu'elle leur serait peut-être utile, plus tard.

Au fur et à mesure que les heures passaient, Tony déclinait. Sa respiration s'affaiblissait peu à peu. Les battements de son cœur devinrent presque imperceptibles. A un moment, il ouvrit les yeux et regarda la jeune fille. Elle lui parla mais il ne répondit pas. L'ombre d'un sourire étira ses lèvres puis il replongea dans un sommeil comateux.

Vivian n'avait pas de montre mais jamais vingt-quatre heures ne lui parurent aussi longues. Les minutes semblaient s'écouler aussi lentement que les heures. Elle comptait chaque seconde qui passait, encore et encore...

Si seulement Alex pouvait arriver ! S'il tardait encore à venir, il risquait de la trouver morte d'inquiétude. Elle céda aux tourments de la peur.

Et s'il avait été démasqué sous son déguisement ? Peut-être languissait-il à son tour dans une prison ? Peut-être était-on en train de le torturer ? Vivian avait entendu parler de ce supplice très prisé par les Tibétains, qui consistait à tuer un yack, à le dépecer pour envelopper le prisonnier dans sa peau encore chaude et à l'abandonner au soleil. La chaleur contractait lentement la peau qui finissait par étouffer le malheureux. D'autres tortures diaboliques lui revinrent en mémoire ; ces pensées l'épuisèrent. Elle s'étendit sur le sol et posa sa tête endolorie sur son bras.

Elle somnola par à-coups, se réveillant au moindre bruit. La nuit lui parut interminable. Quand enfin, elle entendit la porte s'ouvrir et que le chant lancinant du sorcier lui parvint, elle faillit crier de joie. Elle n'en fit rien, heureusement, et se leva. La joie qu'exprimait son visage s'évanouit d'un seul coup quand elle constata avec horreur qu'un lama en robe rouge accompagnait Alex.

C'était aussi un sorcier mais il ne semblait pas particulièrement barbare. Il portait le bonnet rouge traditionnel, une trompette faite dans un os humain ainsi qu'un chapelet ciselé. Un homme petit et presque insignifiant. Il approcha sa lampe à beurre de Vivian, puis de Tony.

Ainsi, les plans d'Alex avaient échoué, pensa-t-elle, catastrophée. Il ne pouvait plus rien pour elle. C'était fini. Elle se détourna pour cacher l'expression de son visage, de crainte que l'étranger ne devine quelque chose. A ce moment-là, Alex entonna le mantra qu'il chantait lors de sa première visite. Il éleva la voix tandis qu'il s'approchait de Tony.

Vivian resta à l'écart, accablée. Se tournant vers son compagnon, Alex lui fit signe d'approcher. Le moine le rejoignit et se pencha sur le malade. C'est alors qu'Alex leva l'os qu'il portait à la ceinture et assena un coup violent sur la tête du moine qui s'écroula.

Tout s'était passé si vite que Vivian resta figée par la surprise. Elle se reprit rapidement et alla ramasser la lampe qui avait glissé des mains du malheureux.

— Vite ! souffla Alex. Aidez-moi à le déshabiller.

Sans poser de questions, la jeune fille obéit. Elle retira la robe repoussante de saleté du corps inerte ainsi que tous ses attributs rituels. Puis Alex le bâillonna et l'attacha avec des lambeaux de ses propres vêtements.

— Votre pelisse, demanda-t-il à Vivian.

Elle la lui donna et ils enveloppèrent le corps à demi nu de l'homme. Le prenant à bras-le-corps, Alex le transporta ensuite dans un coin du réduit et le mit dans la position d'un homme endormi. Dépassée par l'enchaînement soudain des événements, Vivian le regardait sans rien dire, sans même essayer d'imaginer ce qu'Alex avait l'intention de faire ensuite.

— Vite, lui dit-il. Enfilez ses vêtements.

— Mettre ses...

La jeune fille frémit de dégoût quand elle sentit sur sa peau le contact de la robe immonde, qui dégageait en outre une odeur infecte. Quand elle mit le bonnet qui lui tombait jusqu'au ras des yeux, elle réprima une nausée. Alex sortit de ses haillons un morceau de graisse épaisse dont il enduisit le visage, le cou et les mains de la jeune fille, après l'avoir frotté dans la poussière et les cendres du feu. Il ne reprit la parole que lorsqu'il eut terminé.

— Vous garderez la tête baissée, commanda-t-il, et vous resterez derrière moi. Quoi qu'il arrive, ne regardez pas autour de vous, ne paraissez pas surprise ou effrayée. C'est notre seule chance, et elle est très mince.

— Et Tony ?

Alex se tourna vers le matelas, toucha le front du blessé et chercha son pouls. A son silence, à son insistance pour essayer de sentir battre le cœur du jeune homme, Vivian comprit que Tony les avait quittés, tranquillement pendant son sommeil, sans un adieu. Un sanglot étouffé lui échappa. Alex se leva aussitôt et se tourna vers elle.

— Je sais, ma chérie, dit-il avec une tendresse infinie. Mais c'est mieux ainsi. Et il n'a pas souffert.

Vivian s'agenouilla près du matelas et déposa un baiser sur le front du jeune homme. Ce contact de sa chair froide lui fit prendre irrémédiablement conscience de la mort de Tony.

— Que Dieu vous garde ! murmura-t-elle d'une voix brisée.

Puis elle se releva, plongea son regard dans celui d'Alex et lui dit bravement :

— Je suis prête.

11

— Je ne peux pas aller plus loin, sanglota la jeune fille.

La sueur coulait sur son visage, laissant des traînées dans le mélange de graisse et de poussière.

— Il le faut, trancha-t-il. Nous devons atteindre les montagnes le plus vite possible.

— Je n'en peux plus ! Je n'y arriverai jamais ! cria-t-elle.

Elle avait l'impression que ses jambes pesaient une tonne. Elle s'empêtrait à chaque pas dans les plis de la lourde robe. Alex lui prit un bras, le passa sur son épaule et agrippa sa taille sans douceur.

— Dépêchez-vous ! répéta-t-il inflexible.

Trop épuisée pour protester, aveuglée par le soleil, la bouche complètement desséchée, Vivian s'efforça de continuer à marcher, en le maudissant. Cela faisait trois heures qu'ils avaient quitté le monastère. Après être sortis de la cellule, ils étaient passés devant les gardes en faction à la porte, puis s'étaient dirigés vers les grilles de la cour.

Malgré l'heure matinale, les moines avaient déjà commencé leur journée et ils en croisèrent beaucoup dans la cour, courant à leurs diverses tâches. Le cœur de Vivian battait si fort qu'elle crut suffoquer. Elle avait l'impression que tous les hommes qu'ils croisaient la regardaient avec suspicion. Mais le sorcier et son disciple n'avaient pas suscité d'intérêt particulier. Quelques lamas avaient adressé la parole à Alex, pour le saluer, rien de plus, et ils avaient atteint sans encombre le grand portail de bois surmonté d'un toit en forme de pagode.

Des divinités montaient la garde, immenses statues aux dents menaçantes, tenant dans leurs mains des ossements humains et brandissant, de l'un de leurs nombreux bras, le poignard magique et des représentations de la roue du temps. Alex se prosterna devant elles ; terrifiée, Vivian l'imita.

Les gardes ouvrirent les grilles et tandis que Vivian et Alex sortaient lentement, la jeune fille s'attendait à tout moment à entendre des cris derrière eux, ou à recevoir une balle dans le dos. Mais rien de tout cela ne se produisit et ils se retrouvèrent dans les ruelles du village, jonchées d'immondices.

Ils avaient progressé sans hâte, dignement. Ce fut seulement aux abords de la plaine qu'Alexander avait pressé l'allure. Plus le soleil s'élevait, plus la chaleur devenait insupportable, mais Alex n'avait pas ralenti l'allure. Vivian le trouvait cruel de la forcer à avancer aussi vite. Il lui lançait des ordres secs, presque brutaux, sans jamais un mot de compassion, refusant de lui accorder les cinq minutes de repos qu'elle réclamait.

Au début, elle marchait presque machinalement, étourdie par la peur. Les pensées se bousculaient dans son esprit. Puis ses jambes étaient devenues lourdes et douloureuses. L'épuisement avait eu raison d'elle et depuis, ses larmes coulaient sans arrêt. La pression cruelle des doigts d'Alex sur son bras, sa dureté, les crampes, la colère ajoutaient à son calvaire.

Parfois, elle s'écroulait sur les maigres touffes d'herbe et chaque fois, elle se disait que jamais elle ne pourrait se relever. Plus rien ne lui importait. Les tortures des lamas, les horreurs de la magie noire, même la perspective d'être écorchée vive ou livrée à d'obscènes bacchanales lui paraissaient préférables au supplice qu'elle endurait sous ce soleil implacable.

Elle savait pourtant qu'Alex avait raison : leur unique chance de s'en sortir était d'atteindre les montagnes où ils pourraient se cacher, car dès que leur supercherie serait découverte, les moines ne manqueraient pas d'envoyer des cavaliers à leur recherche. Sur la plaine, la végétation était rase et si malingre que même un lapin n'aurait pu passer inaperçu. Et un quart d'heure suffirait à un homme à cheval pour les rattraper.

Vivian n'avait qu'une vague idée du châtiment qui les attendrait s'ils étaient repris mais Alex savait pertinemment qu'ils paieraient leur audace, de leur vie. Il leur fallut encore une heure avant d'atteindre le pied des premières collines.

Sur ces montagnes volcaniques, la montée était d'emblée abrupte, presque à la verticale. Pas d'abords en pente douce. Non. Des à-pics, uniquement. La fonte des neiges et l'érosion avaient formé des sortes de chemins naturels sur lesquels Vivian et Alex progressaient en s'aidant de leurs mains. Ils montaient, de plus en plus haut. La jeune fille avait l'impression que son cœur allait éclater. Le seul fait de respirer lui déchirait les poumons, chaque pas lui demandait un effort plus grand. Seule la crainte qu'Alex lui inspirait la portait.

— Je vais mourir, dit-elle d'une voix tremblante. Continuez tout seul. Je n'en peux plus, je reste là.

— Allons ! ordonna-t-il sévèrement. Ce n'est pas le moment de flancher.

A nouveau, il souleva en elle une bouffée de colère qui lui donna la force de continuer.

— Je vous hais ! jeta-t-elle.

Et en lui disant cela, elle glissa sur une pierre et s'entailla le genou.

— Seule votre sécurité m'importe, pas vos sentiments. Je ne me rendais pas compte que vous étiez aussi faible, rétorqua-t-il rudement.

— Faible ! répéta-t-elle entre ses dents. Vous en connaissez beaucoup qui pourraient endurer un tel calvaire sans faiblir ?

— Oui, pas mal !

Fouettée par le mépris qui perçait dans la voix d'Alex, elle se remit à grimper. L'escalade semblait interminable. Un voile noir se forma devant les yeux de Vivian. Le sang battait dans ses tempes. Alors, elle entendit Alex lui dire, avec une douceur incroyable :

— Maintenant vous pouvez vous reposer.

Elle s'écroula à l'endroit même où elle se trouvait, le corps ruisselant de sueur. Même ses doigts transpiraient !

Longtemps après, Vivian émergea d'une sorte de torpeur où elle avait trouvé l'oubli. Elle constata qu'ils étaient à l'ombre d'un grand rocher, à flanc de montagne. La plaine s'étendait à quelques centaines de mètres au-dessous d'eux.

La fatigue provoquait en elle une étrange sensation de distance par rapport à son propre corps. Alexander scrutait attentivement le chemin qu'ils avaient parcouru, en une demi-journée, depuis le monastère de Kun-wa-pa. Il semblait anxieux.

Il dut se rendre compte qu'elle l'observait car il se retourna.

— Ça va mieux ? lui demanda-t-il.

— Disons que je suis en vie.

— Alors on continue.

— On continue ! répéta-t-elle, incrédule.

Elle savait bien qu'ils ne pouvaient rester là, mais la pensée de remettre déjà son corps à la torture lui était intolérable.

— Nous ne sommes pas en sécurité, ici ?

Alex la considéra avec une sorte de stupeur.

— En sécurité ? Mais ma chère amie, vous ne serez plus jamais en sécurité dans ce pays. Plus tôt vous partirez et mieux cela vaudra.

Il se leva.

— Allons, ne perdons pas de temps.

Le vent du soir les cinglait sans relâche, s'infiltrant à travers leurs vêtements, séchant leur transpiration mais rendant très vite leurs membres et leur visage douloureux. Alex avançait sans hésiter. Il savait instinctivement quelle direction prendre, quel chemin emprunter, coupant souvent à travers des zones où personne ne s'était jamais aventuré.

La nuit tomba brusquement, mais juste avant qu'il ne fasse complètement noir, il escalada quelques rochers en déviant légèrement de leur chemin et découvrit une grotte. Vivian avait depuis longtemps renoncé à émettre la moindre opinion. Elle s'était contentée de le suivre en silence ; ses doigts engourdis, son corps transi par le froid, ses pieds couverts d'ampoules et sa fatigue la rendaient incapable de protester ou d'exprimer seulement un avis. Rien de pire ne pouvait lui arriver : même la mort lui semblait préférable.

Redoutant par-dessus tout ses sarcasmes et son mépris, elle s'était gardée de lui demander de s'arrêter et s'était résignée à marcher derrière lui, à quelques pas. La grotte était minuscule. Une forte odeur de renard l'imprégnait mais elle paraissait inoccupée, pour l'instant.

Vivian s'étendit sur le sol et ferma les yeux, tandis qu'Alex disposait par terre des racines et divers résidus qu'il avait ramassés durant leur dernière heure de marche. Il alluma un feu et sortit ensuite le pot noir que tous les voyageurs tibétains emportaient comme unique ustensile de cuisine. Puis il s'éloigna, pour chercher un peu de neige, sur le versant nord du pic.

Il fit fondre la glace et la neige dans le pot, y ajouta un bloc de thé, du sel, et un peu de beurre, à la manière tibétaine. Quand ce fut prêt, il réveilla Vivian qui dormait déjà profondément et insista pour qu'elle mélange au thé le peu d'aliments qu'elle avait emportés sous sa robe. La chaleur du feu et la nourriture la revigorèrent. Elle dut cependant faire un effort pour avaler cette bouillie.

— Vous n'étiez peut-être pas obligé de mettre du sel et du beurre, remarqua-t-elle. Personne ne nous voit, ici.

— C'est plus nourrissant que vous le croyez. De toute façon, ce thé est de qualité tellement médiocre qu'il n'est certainement pas meilleur sans rien. Et puis c'est tout ce que j'ai, alors cessez de vous plaindre.

— Je ne me plaindrai plus de rien, soyez tranquille.

— Bon. Dépêchez-vous de dormir. Dès que l'aube se lèvera, nous devrons repartir.

Vivian n'eut aucun mal à lui obéir. Elle s'endormit sur le sol comme s'il eût été le plus doux des lits. Quand Alex la réveilla, elle eut l'impression qu'elle venait seulement de fermer les yeux. Lentement, le son de sa voix ramena Vivian à la réalité de cette grotte misérable et les douleurs de son corps se ranimèrent.

Elle était trop fatiguée pour parler. L'aube pointait à peine, pâle et grise. Une lumière faible et triste éclairait la grotte. Il faisait terriblement froid, malgré le feu qu'Alex avait entretenu toute la nuit et la jeune fille accepta avec empressement le bol de thé fumant qu'il lui tendit.

— Il faut que je retouche votre maquillage, lui dit-il tandis qu'elle avalait son breuvage si peu appétissant.

Pour la première fois depuis leur départ, Vivian pensa à son apparence et à l'aspect qu'elle devait offrir. Mais ce n'était pas le moment de s'en soucier. Alex passa ses doigts sous le pot qui lui avait servi à chauffer le thé et appliqua à nouveau de la graisse sur le visage de sa compagne et sur ses mains. Vivian se mit à rire, chose qui ne lui était pas arrivé depuis longtemps.

— Nous devons avoir l'air comique ! dit-elle.

Alex lui sourit en retour.

— Il nous reste une longue route à faire.

Vivian constata avec effroi qu'elle était encore très faible. Elle se sentait épuisée. Sans un mot, Alex éteignit le feu et ramassa leurs maigres effets. Puis ils descendirent la pente raide vers le chemin de pierre, un peu plus bas.

Au début, Vivian essaya de s'intéresser au paysage qu'ils traversaient. Un miroitement, au loin, indiquait qu'ils approchaient d'un des nombreux lacs de la région. Elle s'efforça ensuite de se souvenir que chacun de ses pas raccourcissait la distance qui la séparait de Gyang-tse et de la sécurité. Puis elle oublia tout ce qui l'entourait pour se concentrer sur la seule et unique pensée qu'il fallait continuer, coûte que coûte.

La peur que lui inspirait le capitaine Hastings la stimulait. Parfois, elle se le représentait comme une sorte de monstre qui la conduisait toujours plus loin ; ou encore comme un aigle puissant qui emmenait une pauvre petite créature sans défense.

« Un oiseau de proie, voilà ce qu'il est », songea-t-elle.

Curieusement, cette image lui allait bien. Avec l'éclat métallique qui luisait parfois dans ses yeux, la ligne dure de sa bouche et de son menton, cette volonté implacable qui la forçait à dépasser ses propres limites, il avait tout du rapace.

Durant de longues heures, sous un soleil aveuglant, ils avancèrent dans ces contrées sauvages, évitant soigneusement tout chemin fréquenté. Ils marchaient péniblement, sans parler. Vivian savait de toute façon qu'il aurait été inutile d'exprimer ses souffrances. Des souffrances qu'elle n'aurait jamais imaginées, même dans ses cauchemars les plus noirs.

— On ne pourrait pas se reposer ? fit-elle dans un hoquet.

Alex se contenta de secouer la tête sans même s'arrêter. La jeune fille le suivait à distance, comme tout disciple de sorcier devait le faire. Ils évitaient les troupeaux de yaks, de crainte que les bergers ne puissent renseigner les cavaliers qui étaient sans doute à leur poursuite. Ils firent un grand détour pour contourner un petit village. Quelques chevaux malingres se pressaient les uns contre les autres au pied d'une petite colline coiffée de l'inévitable château de pierre.

Le vent glacé ne manqua pas de se lever, fidèle au rendez-vous. Il soufflait en rafales si violentes que Vivian usa ses dernières forces pour lutter contre ses assauts. Avec un cri de désespoir, elle s'effondra et cacha son visage dans les plis de sa robe.

— Je n'en peux plus... Je n'en peux plus... C'est inutile.

Aplatie sur le sol, elle sentait moins le vent. Elle s'attendait à entendre la voix d'Alex d'un moment à l'autre, lui commandant de se relever, mais elle savait que cette fois il lui serait impossible d'obéir, quoi qu'il fasse. Elle était à bout de forces. L'épuisement, le froid, la douleur avaient eu raison d'elle et plus rien ne pouvait l'atteindre. Elle était vaincue. Son courage, sa volonté s'étaient envolés.

A sa grande surprise, Alex ne dit rien. Elle sentit simplement ses mains sur ses épaules. Elle frissonna de peur mais soudain, il la souleva dans ses bras puissants, comme l'on prend un enfant, et il continua à marcher. La jeune fille avait posé son visage contre sa poitrine.

— Non, Alex... protesta-t-elle faiblement. Je vous en prie... Non...

Il ne réagit pas et elle était trop épuisée pour prononcer un mot de plus. Ils parcoururent ainsi environ cinq kilomètres puis Alex s'arrêta à l'abri d'un mur en ruine, derrière lequel il posa la jeune fille, pour la protéger du vent.

— Je vais vous laisser ici, dit Alex.

Elle rouvrit les yeux avec une expression horrifiée et tendit instinctivement les mains vers lui.

— Vous ne pouvez pas faire ça!

Alex s'agenouilla auprès d'elle, lui prit tendrement les mains et les couvrit soigneusement avec les longues manches de la robe, dans laquelle il l'enroula étroitement, tout entière.

— Je ne serai pas long. Je vais retourner au village que nous avons aperçu tout à l'heure. Je pourrai peut-être y trouver des chevaux. Je ne vous allume pas de feu, pour éviter d'attirer l'attention. Ne bougez pas d'ici, et si par hasard quelqu'un vous approchait, chantez la litanie sacrée que vous m'avez entendu réciter, l'autre jour. Personne n'osera vous interrompre avant la fin mais, dans ce cas, vous devrez continuer jusqu'à mon retour.

Vivian était si fatiguée qu'elle dut faire un effort pour comprendre ce qu'il lui disait. Mais quand il se releva, elle trouva la force de s'exclamer :

— Oh, Alex, c'est dangereux ! Pour vous, je veux dire...

— Ne vous inquiétez pas. Je reviendrai vite. A tout à l'heure, ma chérie.

Et il s'éloigna. Elle le suivit du regard jusqu'à ce qu'il eût disparu. Elle savait que d'un moment à l'autre, elle allait s'endormir. Mais les derniers mots d'Alex la tinrent éveillée encore un peu. Le ton de sa voix quand il l'avait appelée « ma chérie »... La tendresse de ses mains sur elle... L'aimait-il vraiment ?

Cela lui parut absurde de penser à l'amour dans une telle situation, ainsi exposée au froid et à mille dangers. Alex l'avait retrouvée dans ce monastère perdu, l'en avait libérée et l'avait amenée bien loin, déjà. Malgré tout ce qui les menaçait encore, elle savait presque intuitivement qu'ils parviendraient sains et saufs jusqu'à Gyang-tse.

Elle se laissa glisser contre le mur et sa tête retomba sur sa poitrine. L'épuisement la submergeait par vagues, mais elle parvint à rester éveillée. Elle crut tout à coup entendre des voix au milieu des rafales de vent et se redressa, tous ses sens en alerte. La terreur s'empara d'elle.

Elle était seule. Si les moines la retrouvaient maintenant, ils n'auraient aucune pitié. Même les simples voyageurs les craignaient, tant ils détestaient les étrangers. Ici, elle était hors du protectorat de Gyang-tse et si jamais on découvrait qu'elle était déguisée, un sort des plus cruels lui serait réservé.

Vivian se mit à prier pour le retour d'Alex. L'après-midi finissait. La nuit était proche. La peur lui fit oublier ses douleurs et elle joignit étroitement les mains pour prier de toute son âme.

Le temps passa. Elle commençait à devenir folle de terreur quand elle entendit résonner les sabots d'un cheval. Le bruit se rapprochait. Elle n'osait pas bouger. Et si ce n'était pas Alex ?

Alors, elle perçut un sifflement. Elle comprit que c'était bien lui qui lui signalait ainsi son retour, pour la rassurer. Avec un cri de joie, elle sauta sur ses pieds et attendit. Un sourire se dessina sur ses lèvres quand elle reconnut les premières notes de *La vie en rose*.

— Merci, mon Dieu... Merci... de me l'avoir ramené.

— J'ai bien cru que vous ne vous réveilleriez jamais, dit M. Andrews en entrant dans la chambre de Vivian.

— Moi aussi, répondit-elle, du fond de son lit.

— Savez-vous que vous dormez depuis vingt-quatre heures ? reprit M. Andrews en approchant une chaise et en s'asseyant à son chevet.

— Je n'aurais pas été étonnée d'apprendre que cela faisait vingt-quatre jours ! soupira-t-elle. Je ne me souviens même pas de mon retour tant j'étais épuisée, je ne me rappelle que cette dernière partie à cheval. C'était interminable. Cette nuit semblait sans fin. Et quand à l'aube, nous avons enfin aperçu Gyang-tse, en bas, dans la plaine, j'ai cru que c'était un mirage. Où est Alex ? Il va bien ?

— Il va bien, lui. Mais...

— Mais ? Qu'y a-t-il, maintenant ? Nous allons être assiégés ?

— Ce n'est pas cela, répondit M. Andrews.

— Alors de quoi s'agit-il ?

— C'est votre père... Il n'est pas rentré.

Vivian s'assit dans son lit.

— Il est parti jeudi dernier et l'équipe de recherche était censée le récupérer samedi. Et aujourd'hui... nous sommes jeudi. Qu'a-t-il pu arriver ?

— C'est bien ce qui nous inquiète, avoua M. Andrews. L'équipe de secours était au rendez-vous mais elle est rentrée bredouille.

— Vous croyez qu'il aurait pu se perdre ?

— C'est ce que pense Alex, dit-il gravement. Il

sera de retour pour le dîner, nous devons donc attendre jusqu'à ce soir pour avoir des nouvelles. Quant à vous, vous devez vous reposer, et dormir, si possible. Ce sont mes ordres, en tant que conseiller médical, en l'absence du docteur.

— Êtes-vous bien certain que je ne peux rien faire ?

— Absolument rien. Et Alex a précisé qu'en aucun cas vous ne deviez quitter le Block House.

— Monsieur Andrews, vous ne pensez pas qu'il soit arrivé quelque chose de grave à mon père ?

— Il a dû se perdre dans ces montagnes glaciales, c'est tout, assura-t-il. Mais ils avaient beaucoup de provisions, ainsi qu'une tente. Franchement, Vivian, je ne crois pas que vous deviez vous inquiéter. De plus, je suis sûr qu'Alex va nous apprendre du nouveau, ce soir !

Il se leva et se dirigea vers la porte.

— Je vais vous faire apporter un copieux déjeuner, dit-il en souriant. J'espère que vous en viendrez à bout.

— Je mangerais un bœuf ! Et encore plus !

Mais quand la porte se referma derrière M. Andrews, le sourire mourut sur ses lèvres. Une expression inquiète le remplaça.

Pourquoi son père n'était-il pas rentré ? A son retour, la veille au matin, elle était tellement épuisée qu'elle n'avait pas remarqué son absence. Lorsque son cheval avait pénétré dans la cour du Block House, elle chancelait sur sa selle et ne restait éveillée qu'au prix d'un effort surhumain. Pendant plusieurs heures, elle avait été incapable de diriger son cheval. C'est Alex qui avait dû tenir ses rênes.

On l'avait portée jusqu'à sa chambre où on lui avait fait couler un bain chaud dans lequel elle s'était plongée avec un soulagement intense. M. Andrews lui avait ensuite monté un somnifère et elle avait sombré dans un sommeil sans rêves.

Elle se sentait raide et endolorie, mais elle avait l'esprit clair et à part sa grande faiblesse, elle sortait de son aventure sans trop de dommages. Seule sa peau gercée portait les marques des nuits glaciales et des journées étouffantes qu'elle avait passées dans ces montagnes.

C'était un peu comme si elle émergeait d'un cauchemar, mais de cette aventure, il restait un fantôme qui la hantait partout dans cette maison. Elle se surprenait même à guetter la voix de Tony, son rire qui résonnait de pièce en pièce

Vivian redoutait le moment où elle devrait descendre. La salle à manger lui semblerait pleine du souvenir du jeune homme, de même que le salon où ils avaient passé de si bons moments, tous les deux.

« Il faudra que j'écrive à sa mère », se dit-elle.

Mais comment pourrait-elle exprimer ce qu'elle ressentait ? Comment dire à cette femme accablée par le chagrin la tragédie d'une vie perdue sans raison, à la fleur de l'âge.

Vivian aurait voulu s'enfuir. Ce voyage au Tibet lui était apparu comme une bonne occasion de quitter l'Angleterre mais à présent, elle aurait donné n'importe quoi pour rentrer dans son pays où l'on pouvait vivre en paix, sans risquer sa vie à tout moment. Elle se remémora son pressentiment, la nuit où son père était parti. Un pressentiment justifié...

La mort de Tony, et à présent la disparition de son père ! Elle se couvrit le visage de ses mains mais pas pour cacher ses larmes. La semaine qu'elle venait de vivre lui avait appris à quel point elles pouvaient être inutiles.

Le chagrin que lui avait causé la trahison de Jimmy lui semblait insignifiant, à présent. Monte-Carlo, l'amour, l'Angleterre et ses grandes prairies verdoyantes, Jimmy épousant une femme riche, tout cela lui semblait loin maintenant...

Toute la journée, Vivian attendit le retour d'Alex en s'armant de patience. Elle dormit un peu et mangea pour retrouver des forces. Dans la soirée, elle fut heureuse de se lever et de s'habiller. Tous les muscles de son corps étaient courbatus et les plaies, sur ses jambes, n'avaient pas été pansées. Mais elle était plus solide qu'elle ne l'aurait cru ! Elle choisit une robe légère, en dentelle, d'un rouge sombre. Elle n'avait pas emporté beaucoup de vêtements et avait choisi ceux qui tenaient le moins de place.

Une fois habillée, elle ne put réprimer un soupir d'aise. Alex retrouverait celle qu'il avait connue. Pourtant, il n'était toujours pas rentré et le dîner se termina finalement sans lui. M. Andrews et Vivian avaient pris un repas silencieux, dans la salle à manger anormalement calme. Malgré eux, ils n'avaient cessé de guetter le bruit d'un cheval sur les pavés de la cour.

— Il devrait être là, s'exclama finalement Vivian, incapable de dissimuler plus longtemps son anxiété.

A ce moment-là, ils entendirent la sentinelle en faction, puis le bruit de la grande grille en bois. Ils se levèrent d'un même mouvement et s'approchèrent de la porte. L'instant d'après, Alexander entrait.

D'un seul regard, Vivian comprit qu'il apportait de mauvaises nouvelles. Il était très pâle. Ses cheveux en désordre, ses vêtements poussiéreux indiquaient qu'il avait galopé à bride abattue. Il prit la main de la jeune fille et la serra dans la sienne. Ce fut M. Andrews qui prit la parole.

— Quelles nouvelles apportez-vous, Alex ?

Alex répondit en s'adressant à Vivian, d'une voix basse et tendue.

— Votre père est prisonnier.

Sous le choc, Vivian eut l'impression que la pièce se mettait à tourner et elle s'agrippa au bras d'Alex.

— Mon Dieu ! s'exclama M. Andrews. Comment l'avez-vous appris ?

Alex ramena d'abord Vivian à son fauteuil, où elle se laissa tomber. Elle se cramponnait aux accoudoirs, les yeux rivés sur lui.

— Donnez-moi un verre, demanda Alex en se tournant vers Andrews.

Le capitaine Hastings s'assit sur le rebord de la table et avala son whisky soda d'une seule traite.

— Nous avons retrouvé Surdar, cet après-midi, dit-il d'une voix grave où perçait l'émotion.

Il a été mortellement blessé. Quand je suis arrivé, il a tout juste eu le temps de me dire ce qui s'était passé, avant de mourir dans mes bras.

Vivian était aussi immobile qu'une statue.

— C'est le cartel russe, continua-t-il. Surdar en était certain. Ils avaient deux guides tibétains avec eux, mais il s'agissait bien de Russes. Ils sont tombés sur le professeur tout à fait par hasard. Ce dernier leur a raconté qu'ils s'étaient perdus mais ses explications ne les intéressaient pas. L'un d'entre eux s'est adressé à lui en anglais, ils l'ont fouillé, ils ont trouvé ses notes et ses jumelles. Ils l'ont obligé à monter sur l'un de leurs chevaux en le menaçant d'un revolver et l'ont emmené vers l'ouest. Avant de partir, l'un des Tibétains a tiré sur Surdar, en pleine poitrine.

— Quel sauvage ! s'exclama M. Andrews.

Alex se leva et se servit un autre verre. Toujours immobile, Vivian luttait pour ne pas éclater en sanglots. Puis elle sentit sur ses épaules la pression maintenant familière des mains d'Alexander.

— Si cela peut vous consoler, Vivian, dit-il très doucement, je pense que votre père sera bien traité. Ils veulent se servir de lui.

— Vous en êtes sûr ?

— Absolument. Tout concorde avec nos observations. Le cartel a été aperçu à divers endroits, toujours en mouvement. En fait, ils ne savent pas par où commencer. Ils ont dû apprendre qui était votre père et ont compris instantanément qu'il pourrait leur être utile.

— Qu'avez-vous l'intention de faire ? demanda M. Andrews.

Alex réfléchit avant de répondre.

— Je vais aller au monastère de Nyak-Tso. Ces moines sont des amis et par eux, j'arriverai certainement à apprendre où le professeur est gardé prisonnier. Il ne doit pas être loin, en tout cas : nous sommes dans la région la plus riche en minerai. Il faudrait que je sache où il se trouve exactement.

— Vous allez partir cette nuit ? s'enquit M. Andrews.

— Demain matin. Il faut que les autorités locales pensent que je cherche toujours le professeur égaré dans les environs de la ville. Ils ne doivent en aucun cas apprendre ce qui lui est arrivé.

M. Andrews acquiesça.

— Il y a autre chose, Alex. A propos de miss Carrow.

Alex le regarda avec surprise.

— Quoi donc ?

— Elle n'est pas en sécurité, ici, expliqua M. Andrews. Vous savez aussi bien que moi à quel point le monastère de Kun-wa-pa est puissant, de quoi les lamas sont capables. Je pense qu'elle devrait gagner la frontière sous un déguisement quelconque. Je resterai ici jusqu'au retour du docteur. Je suis le seul blanc, ici, maintenant que Tony n'est plus là.

— Mais je ne peux pas partir sans papa ! s'écria Vivian. Oh, Alex ! Je dois attendre son retour !

— Une seconde, dit-il calmement. Ne nous

emballons pas. Andrews a raison, Vivian, vous n'êtes pas en sécurité, ici. S'ils n'essaient pas de vous reprendre, ils peuvent très bien vous empoisonner ou vous réserver un traitement tout aussi déplaisant. A qui pourrions-nous vous confier pour vous conduire à Yatang ? Quand doit rentrer le docteur ?

— Dans une semaine. Nous pourrions lui téléphoner, bien sûr, mais il ne pourrait être ici avant trois jours.

— Alors cela ne servirait à rien. Il faut trouver autre chose. Je ne vois qu'une solution.

— Laquelle ? s'enquit Vivian.

— Vous viendrez avec moi. Au monastère de Nyak-Tso, vous serez en parfaite sécurité. Ils ne refuseront pas de vous héberger, si je le leur demande.

— Et je serai là quand vous retrouverez papa. Oh, Alex, merci !

Elle lui tendit ses mains, qu'il serra tendrement.

— Dieu veuille qu'on le retrouve, fit-il doucement.

Les deux hommes échangèrent un regard au-dessus de la tête baissée de Vivian et l'on pouvait y lire combien cet espoir leur semblait mince...

12

— Nous allons passer la nuit ici, cria Alex pour couvrir le bruit du vent.

Ils attachèrent leurs chevaux à une vieille souche qui se dressait à l'ombre d'un rocher. Essoufflée après cette longue course, Vivian suivit Alex qui franchit une sommaire porte en bois. La hutte, carrée, était divisée en deux, l'un des côtés étant visiblement réservé aux animaux, à l'intention desquels on avait installé une sorte de filet, attaché au plafond, et qui contenait du foin.

Il y avait une bonne réserve de bois près de la cheminée et Alex s'employa immédiatement à allumer un feu. Il déballa ensuite les ustensiles de cuisine et commença à préparer le repas, tandis que Vivian disposait les sacs de couchage et les couvertures dans le coin de la pièce le moins sale et le moins exposé aux courants d'air.

— Cette cabane appartient au monastère, expliqua Alex à la jeune fille, qui exprimait sa surprise devant cet endroit si bien tenu et si pratique pour les voyageurs. Un moine vient régulièrement ici pour entretenir la hutte et demander aux dieux de bénir les hôtes de passage.

— C'est ce que l'on appelle la charité.

Vivian tendit son bol à Alexander qui y versa de la soupe.

— Le lama qui dirige ce monastère est l'un des plus grands hommes du Tibet d'aujourd'hui, lui apprit-il. Il est extrêmement cultivé et ses connaissances s'étendent aux civilisations du monde entier. Il connaît parfaitement le système politique anglais et il est l'un des rares à vouloir sortir son pays de l'ignorance et de la barbarie.

— J'aimerais beaucoup le rencontrer, dit Vivian.

— J'espère que ce sera possible mais parfois il s'isole pour de longues retraites et personne ne peut le déranger.

— Comment connaissez-vous tous ces endroits ?

Alex hésita un moment. Il avala quelques gorgées de soupe, les sourcils froncés.

— Il n'est pas facile de répondre à votre question, dit-il enfin, parce que j'aimerais vous dire la vérité. Je ne fréquente pas ce pays uniquement pour mon travail — que vous avez si promptement défini d'un mot évocateur : « espion ». Non, j'y ai longuement séjourné lorsque j'étais étudiant et que j'apprenais la philosophie indienne et le yoga.

Cette déclaration surprit beaucoup Vivian.

— Vous êtes un yogi ? Je croyais qu'ils s'asseyaient en tailleur sur des cendres ou bien qu'ils se couchaient sur des clous !

Alex sourit.

— Ce sont les clichés des Occidentaux. Ils s'imaginent que les ascètes indiens gagnent de l'argent en s'adonnant à de telles pratiques. Le yoga est une véritable philosophie et une foi profonde, la base de toute grande religion, qu'elle soit orientale ou occidentale. Un initié ou un élève, s'il est un peu connu par les vrais religieux, peut obtenir l'aide et les faveurs qui sont généralement refusées à d'autres, même s'il s'agit de personnages importants.

— Et c'est en tant que yogi que vous êtes accepté au monastère de Nyak-Tso ?

— Exactement, répondit Alex. Il se trouve que le chef des lamas est un vieil ami à moi. Nous nous sommes mutuellement rendu des services, à plusieurs reprises. Ce sera le premier grand monastère que vous visiterez mais j'ai hâte de voir leurs réactions quand ils vous verront : vous serez la première femme blanche à franchir leur seuil. Bon, conclut-il en se levant, il est temps de dormir. Nous partirons à l'aurore.

Dehors, le vent soufflait. Sa plainte lugubre résonnait autour de la petite cabane et allait se perdre dans les étendues désertes de la plaine et les premiers contreforts rocheux.

— Demain, nous commencerons notre ascension, avait dit Alex à Vivian. Le monastère n'est pas des plus accessibles car les moines ont choisi le site le plus élevé, où l'air est le plus pur, pour faciliter leurs méditations.

Alex raviva le feu avant d'aller s'assurer que leurs chevaux ne manquaient de rien. Il leur flatta l'encolure en les appelant par leur nom et ils lui répondirent en frottant leur museau contre lui, comme s'ils avaient compris qu'Alex était leur ami.

Il rejoignit ensuite la jeune fille. Debout près du feu, elle contemplait les braises rougeoyantes, perdue dans ses rêves.

— A quoi pensez-vous ? demanda-t-il doucement.

Elle se retourna vivement vers lui et rencontra son regard fixé sur elle, ce regard sombre et intense qui l'effrayait un peu.

Alex lui prit les mains.

— Ne vous inquiétez pas trop, Vivian. Je suis sûr qu'ils prennent soin de votre père. Souvenez-vous qu'ils ont besoin de lui.

— Je sais... Oh, Alex, vous croyez que vous pourrez le ramener ? dit-elle d'une voix suppliante en lui étreignant la main.

— Si j'y parviens, que ferez-vous pour moi ?

Cette question lui fit l'effet d'une gifle. Atterrée, Vivian le dévisagea avec stupeur. C'était si inattendu de la part de cet homme sur qui elle avait appris à compter en toutes circonstances, qui était venu la délivrer, qui la défendait contre tous les dangers... Elle voulut lui demander ce qu'il voulait dire mais les mots ne franchirent pas la barrière de ses lèvres. La crainte qu'il lui inspirait redoubla.

Comme poussé par le remords, il porta la main de la jeune fille à ses lèvres.

— Pardonnez-moi. Je n'avais pas le droit de dire cela.

Il attendit un instant mais comme elle ne répondait toujours pas, il la lâcha doucement. Vivian détourna les yeux et s'apprêtait à gagner sa couche quand la voix d'Alex l'arrêta :

— Vivian, ma chérie, fit-il d'une voix rauque. Je vous aime.

C'était comme un cri : celui d'un homme désespéré, torturé par ses émotions. Mais Vivian, qu'Alex effrayait plus que jamais dès qu'il lui parlait d'amour, ne s'en rendit pas compte. Elle le sentait tellement déterminé ! Il semblait habité par une force presque brutale, que rien ni personne ne saurait arrêter, et la viclence des sentiments qu'elle lui inspirait lui faisait peur. Elle devinait aussi qu'il se contrôlait pour ne pas la toucher.

Mais elle était femme et elle savait qu'à tout moment, il pouvait la prendre dans ses bras. Rien ne l'en empêcherait, s'il le décidait, et rien de plus terrifiant ne pourrait lui arriver, à elle, Vivian Carrow. Tout à coup, elle découvrit que la situation lui échappait, que ses pensées ne lui appartenaient plus... Incapable de se détourner, elle resta clouée sur place, tremblante. La tension était insoutenable. Alex serrait les poings. D'une voix faussement naturelle, elle finit par dire :

— Nous devons nous lever à l'aube, n'est-ce pas ? J'espère que nous nous réveillerons à temps. C'est dommage que nous n'ayons pas emmené un domestique.

Elle voulait dire qu'elle aurait été plus tranquille avec une tierce personne. Contre toute attente, Alex rougit. Il porta une main à sa ceinture et en retira un petit revolver, qu'il lui tendit :

— Prenez-le. Vous vous sentirez peut-être en sécurité avec ça ? dit-il, d'un ton sarcastique.

Elle rougit à son tour.

— Je ne crois pas en avoir besoin, merci.

Elle alla se réfugier sous les couvertures. Son cœur battait à tout rompre et elle se sentait les nerfs à fleur de peau. Elle regrettait l'échange de paroles qu'elle venait d'avoir avec Alexander et lui en voulait de n'avoir pas su l'éviter.

Elle ressentait intensément sa présence, de l'autre côté du feu. Cet homme faisait naître en elle des sentiments confus ; elle ne parvenait pas à déterminer ce qu'elle éprouvait à son égard. Ce n'était certes pas de l'antipathie mais encore moins de l'affection. Elle se retourna et l'observa, les yeux mi-clos. Il était étendu sur le dos. A la lueur dansante des flammes, elle vit qu'il regardait le plafond.

A quoi pensait-il ? Et à qui ? Il lui avait avoué son amour mais elle ne pouvait s'empêcher d'en douter. Alex demeurait tellement mystérieux, tellement énigmatique... Elle essaya de se convaincre que c'était à cause de son métier qu'il l'effrayait et qu'elle ne l'aimait pas.

« Un meurtrier et un espion... »

C'était le prétexte qu'elle avait pris pour refuser son amour mais maintenant, elle comprenait que ce n'était pas cela qu'elle lui reprochait. Non, c'était plutôt son caractère et sa force qu'elle redoutait plus que tout et qui, bien qu'elle le niât farouchement, l'attiraient irrésistiblement.

Le lendemain, ils découvrirent que sans guide,

l'ascension de cette haute montagne présentait d'énormes difficultés. Heureusement, il n'avait pas neigé mais les chemins n'en restaient pas moins dangereux, glissants et si tortueux qu'Alex se perdit une fois ou deux.

Au Tibet, les monastères sont toujours situés dans les endroits les plus sauvages et les moins accessibles, accrochés au flanc d'une montagne escarpée ou perchés au bord de quelque précipice vertigineux. Alex apprit à la jeune fille que Nyak-Tso avait été construit plusieurs siècles auparavant, de façon à ce que ceux qui choisissaient de se retirer dans ces régions lointaines ne soient plus troublés par le monde matériel.

Vivian le comprenait d'autant plus qu'ils ne cessaient de franchir des cols, des gorges, de traverser des rivières qui bouillonnaient sur les rochers. Ils longeaient des gouffres sans fond; chaque nouveau sentier semblait plus périlleux, à tel point qu'il paraissait impossible qu'un homme ait pu s'y risquer avant eux.

Ils passèrent une nouvelle journée à cheval, ne s'arrêtant que pour faire boire leurs bêtes et se désaltérer eux-mêmes. L'eau des sources était tellement glacée qu'elle leur blessait les mains et la bouche. Et ils continuaient à monter, plus haut, toujours plus haut. Ils éprouvaient de la difficulté à respirer à cette altitude. Le sang battait à leurs oreilles qui se bouchaient.

Ils atteignirent finalement un défilé que la neige et les gouffres bleu acier rendaient apparemment infranchissable, à moins d'avoir des ailes. Alex pointa son doigt en direction des cimes. Vivian découvrit avec stupéfaction, à quelques kilomètres, nichée sur un pic, la plus extraordinaire construction qu'elle eût jamais vue. Un monument vertigineux, percé d'innombrables fenêtres, s'élevait sur une série de terrasses creusées dans le roc.

— Mais c'est immense ! s'exclama-t-elle.

— Plus de deux mille lamas y vivent.

— Mais comment ? Comment se procurent-ils leur nourriture ?

Alex se retourna sur sa selle et éclata de rire en découvrant sa mine incrédule.

— Il y a un petit chemin que nous atteindrons dans quelques minutes, dit-il. Bien sûr, les lamas utilisent des yaks pour se déplacer. Leurs sabots sont plus sûrs que ceux de nos chevaux, quoique nous n'ayons pas trop à nous plaindre.

— Oh, non ! approuva Vivian en se penchant pour caresser l'encolure du sien. Ils ont été formidables !

— Bon, il nous reste encore trois heures d'escalade, droit devant nous.

— Je me sens un peu nerveuse, à présent. L'idée d'affronter deux mille lamas...

— Vous ne les verrez pas tous en même temps, promit-il.

Après une heure de marche, le sentier s'élargit, facilitant leur progression malgré l'air qui se raréfiait.

Soudain, le mugissement d'une conque retentit. Vivian sursauta violemment et faillit tomber de sa selle. La clameur résonnait à l'infini, portée par l'écho, répercutée d'un gouffre à l'autre, allant et venant comme les vagues gigantesques de l'océan en colère.

— Tout va bien ! cria Alex. Ils nous ont vus et nous souhaitent la bienvenue.

Peu après, au détour du chemin, surgit un groupe de lamas en robes rouges. Ils tenaient des trompettes, des flûtes et leurs « cheveux au vent ». Le crâne rasé, ils portaient des robes savamment drapées autour d'eux et d'une propreté éclatante. Quelle différence avec les moines de Kun-wa-pa ! Même leurs visages aux traits impassibles paraissaient différents à Vivian. Il émanait d'eux cette douce mélancolie que confèrent les longues méditations solitaires, et ils avaient le sourire tranquille de ceux qui ont trouvé la paix.

Ils parlaient doucement, d'une voix mélodieuse. Ils accueillirent Alex et Vivian avec chaleur et dans leurs bénédictions, Vivian reconnut le célèbre « Aum mani padme aum », formule sacrée que les moines répétaient inlassablement et que l'on trouvait sur les moulins à prières et sur toutes les pierres saintes de l'Asie.

S'inclinant devant Vivian avec des petits sourires timides, ils lui donnèrent des petits foulards sur lesquels étaient peints les textes sacrés. Puis ils entourèrent Alex et le pressèrent de questions sur leur voyage. Les grilles du monastère étaient ouvertes et quand les nouveaux venus descendirent de cheval, on les conduisit à l'intérieur. Ils parcoururent de longs couloirs creusés dans la roche, comme des terriers. Des centaines de portes s'ouvrirent devant eux.

Des escaliers de pierre partaient dans toutes

les directions. Enfin, les lamas s'arrêtèrent devant les appartements attribués à Vivian. En fait, il s'agissait d'une petite chambre meublée sommairement et pourvue d'un lit tibétain, très bas. Mais la pièce était parée de soies chinoises magnifiques et la fenêtre donnait sur les montagnes. La vallée s'ouvrait en contrebas et grâce à ce paysage splendide, la pièce devenait un palais que tout l'argent du monde n'aurait pu rendre plus beau. Vivian demeura un instant fascinée et elle eut l'impression de comprendre l'attachement des lamas pour ces hauteurs. Il n'y avait pas de vitre à la fenêtre. On rabattait simplement le volet peint et sculpté pour se protéger des vents nocturnes. On allumait alors un grand feu dans la cheminée de pierre.

— C'est superbe, dit-elle.

Son enthousiasme parut plaire à Alex.

— Si vous vous sentez seule, j'occupe la chambre voisine. A présent, nous devons aller saluer le chef des lamas.

A nouveau, on les conduisit dans un dédale de couloirs et d'escaliers, jusqu'à une large porte incrustée d'ivoire et de pierres précieuses. Une odeur d'encens filtrait et on entendait un chant interprété par des voix merveilleuses. Les battants s'ouvrirent. Au bout d'une longue pièce, assis en tailleur sur un trône bas, se tenait le maître spirituel de Nyak-Tso.

Tandis qu'ils avançaient lentement sur les dalles cirées, il ne fit pas un geste et ne dit pas un mot. Il se dégageait de lui une extraordinaire sérénité. Bien que son visage fût parfaitement lisse, on devinait que c'était un vieil homme. Il portait une robe blanche, et une somptueuse étole brodée, sur les épaules.

Comme ils arrivaient devant lui, Vivian rencontra son regard. Un regard incroyablement pénétrant, empli de bonté mais très observateur, auquel rien n'échappait. Elle comprit alors que cette douceur et cette sérénité reposaient sur une force et une détermination peu communes. L'homme qui était devant elle n'était pas seulement un être humain mais une réincarnation divine et c'était à ce titre qu'il avait été choisi comme chef de cette communauté spirituelle. Un moine présenta Alex selon le protocole et, à la grande surprise de Vivian, le grand lama se mit à parler anglais.

— Bienvenue, mon vieil ami, dit-il à Alex. J'ai reçu ton message annonçant votre visite et suis très heureux de pouvoir vous offrir l'hospitalité. Si j'ai bien compris, cette jeune fille a besoin d'une aide et d'un refuge. Que la paix soit avec vous. Tout ce que vous demanderez, au monastère de Nyak-Tso, vous l'obtiendrez.

Alex s'inclina pour le remercier, puis on apporta du thé et ils s'assirent tous ensemble. Vivian s'étonna d'entendre Alexander raconter ce qui s'était passé, durant la semaine précédente. Il décrivit en détail comment elle avait été capturée et en vint au professeur et à sa disparition.

Le visage du grand lama s'assombrit quand il évoqua Kun-wa-pa.

— Ces moines sont une honte pour le pays, dit-il. Ils tuent et commettent des atrocités qui nous emplissent d'horreur. Quant à votre père, miss Carrow, il n'est pas très loin d'ici, vraisemblablement dans la gorge des Loups, qui est connue pour sa grande richesse en minerai. Nous allons voir ce que nous pouvons faire.

Il frappa dans ses mains. Instantanément, deux moines apparurent et restèrent prosternés tandis qu'il leur donnait ses ordres d'une voix claire et sonore. Vivian apprit plus tard que les exercices de respiration du yoga et les chants sacrés avaient modulé les voix des moines de ce monastère, pour les rendre particulièrement mélodieuses.

Les lamas réapparurent, ployant sous le poids d'une énorme coupe en argent qu'ils posèrent devant leur chef. Vivian admira le relief ciselé qui évoquait une influence chinoise et se demanda à quoi cet objet allait servir.

Le jour commençait à décliner. La lumière pâlissait. Devant les statues et les peintures sacrées qui ornaient les murs, les petites lampes à beurre ressemblaient à de minuscules vers luisants. Une profonde quiétude imprégnait l'atmosphère, à tel point que la pièce et ses occupants semblaient irréels, comme sortis d'un rêve. Les senteurs délicates de l'encens semblaient laver l'esprit de tout ce qui l'encombrait, l'apaiser et le rendre plus réceptif.

D'autres moines arrivèrent silencieusement. Ils tenaient une cruche d'eau qu'ils vidèrent dans la coupe.

— Approchez, mes enfants, dit le grand lama à ses invités.

Ils s'approchèrent. Le visage d'Alexander était grave, celui de Vivian, perplexe. Ils se placèrent de part et d'autre de la coupe. Le grand lama émit alors un fredonnement; d'harmonieuses vibrations s'élevèrent dans la pièce, en un souffle mélodieux qui enveloppa la jeune fille.

Il leva ensuite ses longs doigts fins et prononça quatre mots qui résonnèrent plusieurs fois, comme l'écho. Alors, Vivian assista à un phénomène totalement inexplicable: une sorte de brume se forma dans la coupe.

Fascinée, elle scruta les profondeurs du brouillard et découvrit que tout au fond des images se formaient. Elle distingua des sommets montagneux, une rivière tumultueuse puis une cabane d'aspect délabré, contrairement à celle où ils avaient passé la nuit.

Les yeux agrandis par la stupeur, elle regardait ces images, dans un état de semi-conscience. La vision s'obscurcit. On entra dans l'intérieur de la cabane. Un homme était étendu par terre. Vivian reconnut son père! Il était pâle et semblait abattu. Ses yeux étaient fermés et il se tenait le côté, comme sous l'effet d'une vive douleur.

Vivian laissa échapper un petit cri d'horreur et instantanément la vision s'éclipsa. La brume se dissipa et il ne resta plus que la coupe d'argent, emplie d'eau claire, miroitant sous les lumières.

— C'était papa ! s'écria-t-elle. Papa ! Je l'ai vu ! Il est malade dans une petite hutte perdue dans la montagne. Alex ! Il faut aller le chercher. Dites-moi que vous irez le chercher !

Elle se tourna désespérément vers lui, les

mains serrées l'une contre l'autre. A aucun moment elle ne mit en doute la réalité de la vision qu'elle venait d'avoir. Quand elle rencontra le regard d'Alex, elle comprit qu'il avait vu la même chose.

— Je pars tout de suite, déclara-t-il d'une voix basse mais ferme.

— Il n'y a pas de temps à perdre, approuva l'abbé. Va, mon fils, que la paix soit avec toi.

Vivian arpentait sa petite chambre sans relâche. Même le paysage extraordinaire qui se déployait devant elle ne parvenait pas à la distraire. Une folle inquiétude la rongeait depuis deux jours.

Alex était parti. Depuis, les heures s'écoulaient avec une lenteur désespérante, mettant ses nerfs à rude épreuve. Elle avait peur. La vision de son père malade et abandonné sans soins, quelque part dans ces montagnes désolées la hantait nuit et jour. Cette longue attente lui avait pourtant permis de visiter ce merveilleux monastère. Les hommes se réunissaient à heures régulières pour chanter, prier ou prendre de l'exercice dans la grande cour. Les piliers torsadés et ciselés comme de l'ambre s'élevaient jusqu'au toit bleu turquoise, d'une nuance que l'érosion et la patine du temps avaient rendue indescriptible.

Les cloîtres, qui donnaient sur la cour, étaient décorés d'étranges animaux exotiques dorés et de divinités auprès desquelles de petites lampes brûlaient continuellement. A midi, puis au crépuscule, retentissaient les conques. Une marée de silhouettes pourpres et écarlates envahissaient alors la cour.

Un chant mélodieux s'élevait. Vivian avait la permission d'assister à la cérémonie depuis l'un des balcons en fer forgé finement ouvragé. En contemplant toutes ces têtes baissées dans le recueillement de la prière et les robes richement brodées des supérieurs regroupés autour du trône du grand lama, elle avait l'impression d'assister à une scène irréelle. Et ce qui paraissait encore plus étrange, c'était la paix, le bonheur tranquille qui émanait de tous ces hommes.

Un léger coup frappé à la porte interrompit ses pensées.

— Entrez, dit-elle.

Un lama se présenta, s'inclina respectueusement, une lanterne à la main. Il la posa dans une petite niche ménagée à cet effet, ferma les volets et dressa la table du dîner.

Vivian but toute seule l'inévitable thé au beurre, agrémenté de galettes d'avoine recouvertes de beurre et d'abricots secs. Tout était servi dans de superbes assiettes anciennes en porcelaine décorée. Les repas étaient frugaux mais nourrissants et la jeune fille savait que les moines lui donnaient ce qu'ils avaient de meilleur.

Quand elle eut terminé, ils la conduisirent auprès du grand lama, qui la reçut cette fois dans son petit salon privé. Il était assis à un bureau laqué, aux pieds rehaussés de dorures, tout comme son fauteuil qui ressemblait plutôt à un trône. Le sol était recouvert de tapis tibétains aux coloris éclatants.

Le long des murs, sur des piédestaux, se dressaient des statues de divinités en bois doré, presque de taille humaine. Et partout, des livres, dans des reliures de métal ou de bois ouvragé de style tibétain. Malgré la lumière très douce qui régnait dans la pièce, Vivian remarqua qu'il s'agissait principalement de livres européens. Elle n'eut toutefois pas le temps de s'y attarder. Le grand lama la salua avec son sourire bienveillant et ses gestes gracieux. Quand elle se fut assise devant lui, les serviteurs se retirèrent.

— J'ai des nouvelles de votre père, miss Carrow, dit-il immédiatement.

— Des nouvelles ! s'écria-t-elle. Mais comment ? Par Alex ?

— Nous avons nos propres sources de renseignements, répondit-il doucement. Mais je crains que ces nouvelles ne soient pas des meilleures. Votre père est malade, vous le savez déjà. Le capitaine l'a retrouvé. Avec l'aide de quelques-uns de nos hommes les plus sûrs, il va le ramener ici.

Vivian bondit sur ses pieds.

— Oh ! Comment pourrais-je vous remercier ? Quand arrivent-ils ?

— En principe, quand la lune se couchera, environ une heure avant l'aube. Nous vous préviendrons immédiatement, mais j'ai peur que votre père ne soit sérieusement atteint.

— Il est blessé ?

Le moine supérieur secoua la tête.

— Les privations, le froid et la dysenterie l'ont beaucoup diminué. La viande tibétaine est le pire ennemi du corps. Mais soyez assurée que nous mettrons tout notre savoir médical à sa disposition pour le guérir. Et nous avons déjà commencé à parler pour qu'il recouvre la santé.

— Merci, merci, fit-elle dans un souffle.

— Et si je puis me permettre, mon enfant, allez vous reposer en attendant son arrivée.

Mais Vivian eut du mal à mettre son conseil en application. Elle s'étendit sur le confortable matelas sans parvenir à trouver le sommeil. Elle se demandait comment on pouvait transporter un malade dans ces montagnes escarpées. Comment Alex allait-il s'y prendre ? Bien sûr, il y avait des hommes et des chevaux pour l'aider, mais les chemins étaient si raides et si dangereux... Et pourtant, malgré ces questions qui la hantaient, elle avait confiance. Confiance en Alex. Elle le savait capable de braver tous les dangers, de surmonter toutes les difficultés.

« J'ai confiance en lui, se répétait-elle. Même si j'ai peur... »

Vivian somnolait quand des bruits de pas et des coups à sa porte la réveillèrent. Elle sauta hors de son lit et ouvrit. Sur le seuil, un lama l'invita à la suivre. Elle lui emboîta le pas, le long du couloir, jusqu'à une porte devant laquelle Alex l'attendait.

Vivian lui tendit spontanément les mains dans un geste de reconnaissance et de soulagement.

— Dieu soit loué ! s'exclama-t-elle.

Alex l'étreignit puis l'entraîna dans la pièce. Son père était étendu sur un matelas, le visage pâle et défait. Deux lamas étaient à son chevet.

— Papa ! s'écria-t-elle dans un sanglot en se précipitant vers lui.

Elle s'agenouilla à ses côtés et lui prit les mains. Il ouvrit lentement les yeux et la regarda.

— Tu vas bien, ma chérie ? s'enquit-il faiblement.

Le son de sa voix fit monter des larmes aux yeux de Vivian et elle dut faire un terrible effort pour les réprimer.

— Et toi ? murmura-t-elle. Que t'ont-ils fait ?

— J'ai déjoué leurs projets...

Un petit sourire de satisfaction se dessina sur ses lèvres. L'un des lamas chuchota quelque chose à l'oreille d'Alex qui s'approcha du lit :

— Votre père ne doit pas se fatiguer, dit-il à voix basse.

— Bien sûr que non. Alex va me raconter, papa.

Elle tourna vers Alexander ses yeux où tremblaient des larmes.

— Les indications que votre père a données aux Russes sont fausses. Après avoir obtenu les renseignements, ils ont jugé qu'il ne leur servirait plus à rien et l'ont abandonné dans un endroit totalement isolé, sans eau et sans nourriture, certains que personne ne viendrait jamais le secourir. Mais il savait que dès qu'ils auraient découvert le tour qu'il leur avait joué, ils reviendraient pour le tuer.

— Papa ! Pourquoi avoir bravé de tels périls ? Ta vie est bien plus précieuse que toutes les mines d'or du monde.

Le professeur parvint à rouvrir les yeux et

essaya de sourire à nouveau. Vivian lui prit le visage entre ses mains et l'embrassa tendrement. Elle se détourna brusquement pour cacher ses larmes.

— Il faut le laisser dormir, lui dit Alex.

Il l'aida à se relever et l'emmena avec douceur hors de la pièce. Une fois dehors, elle s'agrippa à son bras.

— Comment va-t-il ? Dites-moi tout ! Il ne va pas mourir, n'est-ce pas ? Alex ! Vous devez me dire la vérité ! Je vous en prie !

Alex ne répondait pas.

— Vous n'avez pas le droit de me mentir, reprit-elle. Vous rendez-vous compte qu'il est tout ce que j'ai au monde ?

— Il est très malade, dit-il avec gravité.

— Il lui faut un docteur !

— Personne, dans ce pays, n'est plus compétent en médecine que les lamas de ce monastère. Vous pouvez leur faire confiance, croyez-moi. Mais ils ne peuvent pas faire de miracles. Votre père est resté pratiquement trois jours sans manger et sans pouvoir se réchauffer. Il n'est plus tout jeune. Nous n'avons plus qu'à prier et à espérer.

Vivian s'essuya les yeux et dit calmement :

— Je vais m'asseoir près de lui pendant qu'il dort.

— Vous devriez plutôt vous reposer. Vous ne pouvez rien pour lui, pour le moment.

Mais il comprit en la regardant que rien, aucun argument ne la ferait changer de décision. Pour elle, sa place était au chevet de son père et pour une fois, Alex céda. Il s'inclina et lui ouvrit la porte pour qu'elle rejoigne le malade.

Le professeur demanda deux fois de l'eau, durant le reste de la nuit qui s'écoula sans autre interruption. Vivian ne ressentait pas la fatigue. Elle voulait l'aider de tout son être, lui transmettre sa force vitale pour qu'il revienne à la vie. Elle se concentrait tellement que parfois, elle eut l'impression de vibrer à l'unisson avec cet homme qu'elle aimait tant.

Au lever du jour, le professeur semblait dormir d'un sommeil tranquille, mais sa pâleur et sa respiration à peine perceptible alarmèrent Vivian. Et s'il allait plus mal ?

Alexander était venu voir le malade, dans la nuit. Il n'avait rien dit à Vivian mais avait posé sa main sur son épaule et elle lui avait répondu par un regard plein de gratitude. Pour la première fois, elle avait senti qu'ils communiquaient, qu'ils se comprenaient.

La sourde plainte des conques s'éleva avec l'aube. C'était l'heure de la prière. Les serviteurs se retirèrent de la chambre du malade. Vivian se leva et alla ouvrir les volets. Le soleil illuminait déjà le ciel encore pâle et se reflétait sur les sommets immaculés.

Elle sentit alors qu'à cet endroit d'où l'on dominait le monde, où l'esprit pouvait trouver la paix dans un silence profond, où il pouvait transcender toutes choses pour atteindre l'extase, ici, on pouvait croire aux miracles, on pouvait retrouver la foi en Dieu et en l'homme. Quand elle retourna près du lit, son père avait ouvert les yeux. Elle lui sourit.

— Remets-toi vite, papa chéri. Je t'aime tellement !

Le grand lama vint en personne voir le malade, dans la matinée. Il lui donna une bénédiction spéciale ainsi qu'une statuette du dieu de la Santé qu'il plaça soigneusement à côté du professeur. Puis il l'observa longuement.

Alex insista pour que Vivian regagne sa chambre et se repose. Il l'y conduisit malgré ses protestations et lui commanda fermement de se coucher.

— Mais je ne suis pas fatiguée ! Et je veux rester avec lui !

— Vous l'avez veillé durant toute la nuit. Maintenant je prends le relais. Je vais rester près de lui durant les prochaines heures et je vous assure que si le moindre changement se produisait, je vous préviendrais.

— Vous me le promettez ? fit-elle en le regardant anxieusement, comme si elle en doutait.

— Vous ai-je jamais trompée ? rétorqua-t-il brutalement.

Tout à coup, elle eut honte de sa méfiance. Elle baissa les yeux et ouvrit la porte de sa chambre. Sur le seuil, elle se retourna.

— J'ai toujours peur que vous agissiez selon ce que vous estimez être bon pour moi, et pas forcément comme moi je le souhaiterais, avoua-t-elle avec une certaine légèreté pour cacher sa gêne.

— Un jour, peut-être, ces deux désirs se rejoindront-ils, répondit Alex.

Contre toute attente, Vivian se mit à rire.

— Cela nous changerait, n'est-ce pas ?

Durant l'espace d'un instant, ils redevinrent deux jeunes gens qui se souriaient simplement. Puis, à nouveau, l'angoisse les reprit. Vivian entra dans sa chambre.

— Prévenez-moi s'il se réveille, même si ce n'est que pour quelques minutes, dit-elle résolument.

— Je vous le promets, répondit-il avant de refermer la porte.

Vivian avait surestimé ses forces. Dès qu'elle se fut allongée, elle plongea dans un profond sommeil. Elle eut juste le temps de s'irriter en constatant qu'une fois de plus, Alex avait raison : elle était très fatiguée.

Quand elle retourna au chevet de son père, il ouvrit les yeux et tendit faiblement la main vers elle. Elle la prit dans les siennes et déposa un baiser sur son front. Il essayait de remuer les lèvres et elle dut approcher son oreille pour l'entendre :

— Que Dieu te garde, mon enfant, chuchota-t-il.

Puis il retomba dans l'inconscience. Les heures passèrent. Vivian attendait impatiemment le retour d'Alex : elle voulait qu'il interroge les lamas. L'immobilité de son père l'effrayait mais Alex n'arrivait toujours pas et elle se prit à lui en vouloir de manifester aussi peu d'égards pour le vieil homme. Elle s'apprêtait à l'envoyer chercher quand il apparut enfin. Il se dirigea droit vers elle et lui dit :

— Je veux que vous m'accompagniez chez le grand lama.

Craignant de réveiller son père, Vivian suivit Alex sans protester. Ils s'éloignèrent, après qu'Alex eut donné des instructions aux serviteurs. Côte à côte, ils enfilèrent les longs couloirs jusqu'aux appartements du grand lama. Un autre moine les introduisit auprès de lui. Il était assis à son bureau mais se leva avec courtoisie à l'entrée de Vivian. On lui donna une chaise et on plaça près d'elle le bol de thé traditionnel.

Alex prit la parole.

— Je n'ai encore rien dit à miss Carrow, dit-il.

Sa voix semblait inhabituellement tendue et Vivian le regarda avec surprise.

— Qu'est-il arrivé ? s'alarma-t-elle.

— Le capitaine Hastings m'a demandé de vous exposer la situation extrêmement délicate dans laquelle nous nous trouvons, dit le grand lama. Nous avons appris que les Russes avaient découvert le tour que votre père leur a joué. Ils se sont aussi aperçus qu'il avait échappé à leur vengeance. Ils ont soulevé une partie du pays et se sont alliés aux moines de Kun-wa-pa. Ils sont en route pour venir nous demander de leur rendre votre père et tous les étrangers qui se trouvent entre nos murs.

— Ils essaient de nous faire peur ? dit Vivian. Ils n'ont aucune chance contre vos milliers d'hommes !

— Je crains que vous ne compreniez pas, miss Carrow, intervint gentiment le grand lama. Voyez-vous, moi-même et les moines qui sont sous ma responsabilité suivons les enseignements du Grand Bouddha. Nous ne nous battons pas et nous ne tuons pas. Quelles que soient les circonstances.

Vivian se leva vivement.

— Vous voulez dire que vous allez nous livrer à ces démons ? Oh, non ! Mais mon père est malade ! Il est presque mourant !

— Allons, mon enfant. Écoutez ce que suggère le capitaine Hastings.

— Le grand lama nous offre des chevaux et des porteurs qui nous aideront tout au long de notre voyage. Nous devons partir immédiatement et gagner le col de Kampa. En principe, il est fermé en hiver, mais on sait que des gens sont passés au Tibet par ce chemin-là. S'il y a une chance, aussi mince soit-elle, d'atteindre le Sikkim, nous devons la saisir.

— Mais... comment allons-nous transporter papa ?

— Le grand lama assurera sa protection tant qu'il sera malade. Quand il sera rétabli, en revanche, il ne pourra plus rien pour lui. Je me chargerai alors de sa libération. Tant qu'il est souffrant, il ne risque rien : il est sous la protection du monastère et ils n'oseront pas l'emmener. Mais on ne peut vous garantir la même sécurité, Vivian. Il faut absolument que vous partiez cette nuit.

— Et vous croyez que je vais accepter d'abandonner mon père dans l'état où il est ? Il n'en est pas question ! Si nous devons mourir, nous mourrons ensemble.

— Vous ne comprenez donc pas que vous et moi serons faits prisonniers par ces hommes ? s'emporta Alex. Personne ne s'opposera à eux s'ils décident d'employer la violence pour entrer. S'ils savent que nous sommes ici, rien ne les arrêtera. Ce sera un vrai carnage !

— Eh bien, partez tout seul ! Je préfère mourir plutôt que d'abandonner mon père.

— Vous ne l'aiderez pas en restant ici, miss Carrow, intervint le grand lama.

Vivian se tourna vers lui, le menton relevé.

— Vous avez été très bon de nous accorder l'hospitalité, à mon père et à moi, mais pour rien au monde je ne consentirais à le laisser ici.

Elle s'inclina et sans un regard pour Alex, elle regagna la porte. Une fois sur le seuil, elle se retourna et vit qu'il parlait avec le grand lama, alors elle s'empressa d'aller rejoindre son père.

A son entrée, les serviteurs se postèrent le long du mur et elle s'assit au bord du lit. La décision qu'elle venait de prendre ne l'effrayait pas : quoi qu'il arrive, elle devait rester. Elle ne savait pas ce que l'avenir lui réservait, mais son père, lui, ne l'aurait jamais abandonnée.

Alex ne manquerait certainement pas d'essayer de la faire changer d'avis mais cette fois, son éloquence serait vaine.

— Comment pourrais-je t'abandonner, papa chéri ? murmura-t-elle en regardant son père.

Ses yeux se remplirent de larmes quand elle vit à quel point il était faible. S'ils devaient attendre son rétablissement, ils risquaient d'attendre longtemps...

À sa grande surprise, Alex ne vint pas la rejoindre immédiatement. Elle entendit les trompettes retentir pour annoncer l'heure du dîner. L'un des moines sortit et revint peu après avec un plateau contenant le repas de Vivian. Alex le suivait.

— J'ai pensé que vous préféreriez dîner ici, dit-il à la jeune fille.

Il s'exprimait d'une voix calme et aimable, ce qui la rassura. Elle comprit qu'elle n'aurait pas besoin de discuter avec lui : il avait accepté sa décision.

— Merci, dit-elle simplement, avec gratitude.

Le lama plaça le plateau d'argent à ses côtés. Alex prit le bol et alla le remplir à la grande théière que l'on gardait au chaud près du feu, toute la journée, à l'intention du malade et de ceux qui étaient à son service. Il prit le bol fumant à deux mains et le rapporta à la jeune fille.

— Vous êtes fatiguée ? s'enquit-il.

Vivian secoua la tête.

— Pas spécialement. Mais j'ai très soif.

Elle prit le bol.

— Voilà qui vous fera du bien, dit-il.

Elle but. La chaleur du breuvage se répandit en elle comme une source de vie. Elle approcha à nouveau le bol de sa bouche et soudain, le doute l'envahit. Pourquoi Alex était-il aussi attentif ? Pourquoi lui avait-il lui-même servi le thé ? Elle s'interrompit alors qu'elle allait boire à nouveau et regarda Alex. Comme s'il devinait le sens de ses pensées, il s'approcha d'elle prestement.

Avant qu'elle ait pu crier, ou protester, il avait

saisi le bol d'une main. Son autre bras s'enroula autour du cou de la jeune fille, l'enserrant comme un étau. Immobilisée par cette poigne de fer, elle ne put rien faire quand il fit couler de force le liquide dans sa gorge.

Folle de rage, elle essaya de lutter. Mais il n'y avait rien à faire, il était plus fort qu'elle. Au moment où elle croyait qu'elle allait réussir à le repousser, elle vit soudain la chambre s'assombrir autour d'elle. Elle se mit à suffoquer et sa voix mourut quand elle voulut crier. Elle avait l'impression de perdre pied. La pièce tournait, tournait... et cette obscurité qui descendait...

Juste avant de perdre conscience, elle eut le temps de voir le regard d'Alex, sombre, grave, mais amèrement triomphant.

13

Dans son sommeil, Vivian ressentait une sorte de balancement. La pression de ces bras forts autour d'elle l'emplissait d'un sentiment de sécurité. Peu à peu, elle reprenait ses esprits. Elle ouvrit les yeux. Mais les effets de la drogue l'empêchaient d'appréhender la réalité.

Sa tête reposait contre l'épaule d'Alex. Lorsqu'elle levait les yeux, elle voyait la ligne ferme de son menton. Il guidait le cheval et elle était installée devant lui sur la selle. Elle se laissa bercer, pendant quelques secondes, dans le creux de ses bras, sans réagir. Puis elle se rendit compte qu'il n'y avait plus de montagnes autour d'eux. Ils avançaient dans une large plaine désertique.

Alors, elle se souvint. Immédiatement, elle voulut se dégager de l'étreinte qui l'emprisonnait. Sans un mot, il tira sur les rênes. Le cheval s'arrêta et Alex laissa doucement glisser la jeune fille sur le sol. Il mit pied à terre à son tour. Son regard passa au-dessus de Vivian et s'arrêta sur un autre cheval monté par un lama en robe rouge.

— Pourquoi m'avez-vous emmenée ici ? parvint-elle enfin à articuler d'une voix étranglée. Qu'avez-vous fait ? Je veux retourner auprès de mon père !

Elle frémissait de tout son corps, les poings serrés. Ils avaient dû chevaucher toute la nuit car le soleil était déjà haut dans le ciel. On ne voyait nulle part les hauts sommets qui environnaient le monastère. L'air raréfié que l'on y respirait avait fait place à l'atmosphère plus sèche et plus riche en oxygène des plaines tibétaines.

— Vous ne pouvez rejoindre votre père maintenant, ma chérie, dit Alex avec douceur.

— Mais je l'exige ! tempêta-t-elle. Vous n'avez aucun droit de vous conduire de cette façon, de me droguer et de m'emmener je ne sais où ! Mon père est en danger. Il est mourant. Vous pensez vraiment que je puisse avoir envie de fuir pour sauver ma vie, dans ces conditions ?

Alex posa une main sur l'épaule de la jeune fille.

— Votre père, commença-t-il, n'était plus de ce monde quand nous avons quitté le monastère, la nuit dernière.

— Je ne vous crois pas.

La brutalité de cette révélation ne passa pas tout de suite la barrière de sa conscience.

— C'est la vérité. Quand vous parliez au grand lama, hier soir, il savait qu'il ne passerait pas la nuit. J'ai voulu vous épargner le chagrin d'apprendre que sa fin était proche. Mais quand vous avez refusé de quitter son chevet, mettant ainsi votre propre vie et la mienne en danger, j'ai décidé de prendre les choses en main.

— Comment avez-vous osé ? De quel droit m'avez-vous empêchée de rester auprès de mon père durant les quelques heures qui lui restaient à vivre ? Maintenant qu'il n'est plus là, je me moque de vivre ou de mourir ! Je ne vous laisserai pas vous occuper de moi ! Vous n'êtes qu'un... qu'un meurtrier et un espion !

Elle s'arrêta, haletante, pour reprendre son souffle.

— Je ne vous crois pas ! cria-t-elle soudain, d'une voix hystérique. Il n'est pas mort ! Vous me dites cela pour pouvoir m'emmener !

— Je vous jure que c'est vrai, Vivian, hélas.

Il demeurait droit comme un roc sous le torrent d'accusations que déversait Vivian.

— Je vous hais ! Je vous hais ! Je ne vous écouterai pas. Je vais retourner au monastère pour aller y chercher moi-même la vérité !

Ivre de rage et de chagrin, sans plus savoir ce qu'elle faisait, elle se précipita sur le cheval d'Alex. Mais il intercepta son geste avant qu'elle ait pu atteindre les rênes. Il tint fermement ses mains dans les siennes.

— Lâchez-moi ! Laissez-moi partir ! hurla-t-elle en se débattant comme une furie.

— Ça suffit !

Alex venait de reprendre le ton sec et sans réplique qu'il avait employé durant leur long voyage jusqu'à Kun-wa-pa, pour l'obliger à surmonter ses faiblesses. Elle cessa de lutter.

— Je ne vous crois pas, dit-elle plus calmement, un moment plus tard.

Mais sa voix manquait de conviction.

— Si, vous me croyez.

— Pourquoi devrais-je me fier à votre parole ? lança-t-elle pour le défier à nouveau, mais sans oser rencontrer son regard.

Il la tenait toujours mais elle tenta de s'écarter de lui.

— Nous devons repartir, dit Alex. Nous n'avons pas le temps de nous attarder à discuter.

— Je n'irai pas ! Je préfère mourir ici plutôt que d'être emmenée contre ma volonté par un meurtrier !

Il la lâcha brusquement et lui saisit les épaules presque violemment.

— Écoutez, j'en ai assez de vos accusations. J'aurais dû vous dire la vérité depuis longtemps. C'est mon valet de chambre qui a tué Dhilangi, parce qu'il avait enlevé et violé sa fiancée. Mon valet s'était promis de la venger. Il aurait pu attendre des années, rien ne l'aurait arrêté. Il l'a fait quand l'occasion s'est présentée mais il se trouve que c'est mal tombé pour le gouvernement anglais. Comme il était mon valet, tout portait à croire qu'il s'agissait d'un acte politique. Dhilangi était un tel démon que je me suis juré de ne pas livrer mon valet à la justice, tant qu'il serait en vie. Mais il est mort à bord du *Corinthia* et m'a dicté ses aveux que j'ai remis aux autorités. Voilà. C'est tout.

Il ôta ses mains des épaules de la jeune fille aussi brusquement qu'il les y avait posées. Puis il se tourna vers le lama resté à distance et lui fit signe de les rejoindre. Il s'adressa alors à lui en tibétain. Le moine descendit de cheval et toujours sans un mot, Alex aida Vivian à monter en selle. Il fit ses adieux au lama qui les bénit en les regardant s'éloigner.

Peu après, Vivian et Alex galopaient dans la plaine, tandis que derrière eux, la petite tache rouge de la robe du lama s'amenuisait. Graduellement, la jeune fille réalisait qu'elle avait perdu son père. Elle ne pleurait pas mais une douleur terrible lui déchirait le cœur. Les larmes l'auraient sans doute soulagée mais elles ne venaient pas.

Au début de l'après-midi, ils atteignirent enfin les montagnes. La plaine montait lentement à l'assaut des versants tibétains de l'Himalaya. Il y avait peu de neige mais leur cheminement devint difficile car les vallées qui s'étagent jusqu'au col de Kampa sont bordées au nord comme au sud de montagnes dangereusement escarpées. Durant toute l'ascension, ils demeurèrent silencieux. Alex ne prenait la parole que pour indiquer à Vivian les moments où elle devait rester derrière lui, ou pour lui dire d'emprunter tel chemin plutôt qu'un autre. Progressivement, un froid intense remplaça la touffeur de la journée ; Alex tendit une pelisse à Vivian.

— Merci, lui dit-elle simplement.

Elle l'enfila et rabattit la capuche sur sa tête pour se protéger du vent. Emmitouflé de la même manière, Alex reprit la tête et ils poursuivirent leur chemin. La jeune fille souffrait dans tout son être. Elle ne parvenait pas à croire que son père l'avait vraiment quittée, que plus jamais elle ne le reverrait. Plus jamais. En même temps, elle ressentait intensément la présence de son compagnon silencieux. Pour la première fois de sa vie, elle comprenait ce que signifiait la solitude.

Ils grimpèrent, encore et encore, toujours plus haut. Ils franchirent un glacier impressionnant. Les chevaux respiraient avec difficulté. Les chemins devenaient de plus en plus périlleux. A la fin, quand Vivian fut à bout de forces, épuisée et tellement transie qu'elle ne sentait plus ses membres, ils s'arrêtèrent dans une petite hutte, sur un plateau, à plusieurs milliers de mètres d'altitude.

Les murs profondément lézardés laissaient passer le vent mais c'était mieux que rien. Vivian déchargea les chevaux pendant qu'Alex s'occupait du feu. Le thé les revigora. Quand elle se sentit enfin réchauffée, la jeune fille leva les yeux sur son compagnon.

— Je suis désolée de la façon dont je me suis conduite, ce matin, lui dit-elle.

— Ne vous inquiétez pas. Je comprends ce que vous éprouvez mais il était de mon devoir de vous emmener.

— C'est très gentil à vous, mais je ne parviens pas encore à vous en être vraiment reconnaissante. Maintenant que ce pays terrible a causé la mort de mon père, je me moque de ce qui peut m'arriver.

— Pour l'instant, peut-être. La chose la plus précieuse de toutes, c'est la vie.

Vivian baissa la tête pour dissimuler ses larmes. Tant qu'ils ne seraient pas en sécurité, elle ne devait pas se laisser aller.

— Nous ne sommes pas loin du sommet, dit-il. Demain, vers midi, nous atteindrons le col.

— Et après ? questionna-t-elle, feignant de s'intéresser à ses projets.

— Après, nous entamerons la partie la plus difficile de notre voyage, à cause de la neige et je ne sais pas du tout si nous pourrons passer.

Vivian se remémora ces paroles, le lendemain, quand ils atteignirent le col. Dans la gorge qui menait à une petite vallée encaissée, la neige était profonde. Ils durent descendre de cheval et marcher. A chaque pas, ils s'enfonçaient jusqu'à la taille et devaient peiner pour dégager l'autre jambe.

Le ciel, jusqu'alors encombré d'épais nuages, s'éclaircit brusquement. Un soleil éblouissant se mit à briller et Alex sortit de sa sacoche une paire de lunettes noires qu'il donna à Vivian. Ils continuèrent. Les chevaux peinaient de plus en plus, hennissant de frayeur tandis que la neige s'épaississait. Il leur fallut presque trois heures pour traverser une petite vallée et atteindre l'autre versant. Ils durent tirer les bêtes et les caresser souvent pour les convaincre de s'aventurer sur ce qui était maintenant de la glace.

Le chemin était devenu invisible et ils avançaient à l'aveuglette. A un moment, le cheval d'Alex glissa et tomba. D'un coup de rein, il parvint heureusement à se relever.

Il leur devenait de plus en plus difficile de progresser. Vivian marchait dans les traces d'Alex, en se disant à chaque pas que ce serait le dernier, qu'elle n'en pouvait plus. Quand la lumière commença à baisser, l'angoisse s'empara d'elle. Et s'ils ne trouvaient pas d'abri pour la nuit ? Il était trop dangereux de dormir dehors, par un froid aussi intense.

Comme tous les soirs, dans ces régions du Tibet, les vents glacés s'étaient levés. Ils n'avaient pas emporté de tente et, à moins de trouver un abri, ils ne passeraient pas la nuit. Elle entendit soudain le hurlement lugubre d'un loup. Un long frisson la parcourut. S'ils ne trouvaient pas de refuge, ils étaient perdus.

Alex avait heureusement ralenti l'allure. Enfin, à travers les ténèbres brumeuses, elle distingua les contours d'une hutte, nichée contre le roc.

— Un abri ! cria-t-elle. Là !

Il regarda autour de lui, comme s'il ne l'avait pas vu. Tout à sa joie, Vivian s'était précipitée vers le refuge à moitié dissimulé sous la neige. Un luxueux hôtel ne l'aurait pas comblée davantage. Elle poussa la porte grinçante et entra avec son cheval qu'elle attacha dans un coin. Puis elle essaya de percer l'obscurité.

— Je commençais vraiment à m'inquiéter ! dit-elle à Alex quand il arriva à son tour.

— Vous voulez bien vous occuper de mon cheval ? lui demanda-t-il.

— Bien sûr.

Elle prit la bride de l'animal et l'attacha près du sien.

— Il fait très sombre, dit-elle. Hâtons-nous de faire du feu.

A sa grande surprise, elle constata qu'Alex ne bougeait pas. Il se tenait debout, à l'endroit où elle l'avait laissé, à l'entrée de la hutte. Sa haute silhouette se découpait sur la neige blanche, devant la porte ouverte.

— Que se passe-t-il, Alex ?

Quelque chose, dans son immobilité, l'effrayait, tout à coup. Il ne répondait pas et elle alla vers lui.

— Alex ! Qu'avez-vous ? cria-t-elle. Vous êtes malade ?

Elle prit ses mains dans les siennes. Même le contact de ses doigts était anormal. Ils étaient... hésitants.

— Dites-moi ce qu'il y a ! Je vous en prie !

Lentement, il remua ses lèvres craquelées et répondit :

— Je suis aveugle.

14

Un orage d'une violence formidable éclata. Le tonnerre était assourdissant, presque insupportable. Les éclairs perçaient à travers les fentes du mur, révélant par instants l'intérieur de la hutte où Alex était étendu, les yeux bandés, près d'un feu tremblotant. Grelottant sous ses couvertures, Vivian se demandait si le toit allait résister au déluge de pluie et de neige mêlées qui s'abattait sans relâche.

Elle devait périodiquement changer de position pour que l'eau qui traversait le toit ne mouille pas son visage. Elle savait qu'Alex ne dormait pas mais qu'il souffrait silencieusement. Elle avait préparé leur maigre repas et l'avait forcé à manger, l'aidant comme s'il eût été un enfant.

Elle venait seulement de se rendre compte à quel point il avait dû souffrir de la réverbération de la lumière sur la neige, toute la journée. De telles brûlures pouvaient être terribles. Extrêmement douloureuses, elles faisaient pleurer les yeux sans arrêt.

Quand elle avait compris ce qui était arrivé à Alex, elle lui avait dit :

— Pourquoi ne pas m'avoir prévenue que vous n'aviez qu'une seule paire de lunettes ? C'était de la folie de rester ainsi, sans protection.

Il n'avait même pas essayé de se justifier.

— J'irai mieux demain, avait-il répondu avec une insouciance feinte.

Mais quand Vivian lui avait baigné les yeux avec de la neige fondue, elle en avait douté. Ils n'avaient aucune trousse de secours. Rien. Elle avait dû se contenter de le rafraîchir, en lui appliquant des compresses avec son mouchoir de linon blanc.

Elle avait éprouvé une étrange impression, en le soignant. Jusqu'à présent, c'était elle qui dépendait de lui, qui s'était reposée sur lui en toutes circonstances. Quand elle avait préparé le feu pour la nuit avant de le guider jusqu'à son sac de couchage, qu'elle avait installé dans un endroit sec, cette brusque inversion des rôles l'avait presque intimidée.

— Ça va ? lui avait-elle demandé. Y a-t-il autre chose que je puisse faire ?

— Non, merci, Vivian. Je suis tellement gêné de vous ennuyer ! avait-il répondu avec une humilité touchante de la part d'un homme aussi fort.

Effrayés par l'orage, les chevaux ne cessaient de piaffer et de hennir, au point que Vivian ne parvenait pas à trouver le sommeil. Longtemps, elle regarda les braises rougeoyer en essayant de ne pas penser à ce que leur réserverait la journée du lendemain. Comment allaient-ils pouvoir repartir, avec toute la neige qui tombait et Alex aveugle ? Elle n'en avait pas la moindre idée.

Elle pensa à son père. Malgré son chagrin, elle sentait sa présence toute proche. Il était là, qui veillait sur elle, lui insufflant un courage et un espoir nouveaux. Cette impression devint si forte qu'elle faillit lui parler et lui tendre les mains. « Qu'est-ce que la mort ? » se demanda-t-elle.

Elle eut alors la certitude que son père continuait à vivre, quoi qu'il soit advenu de son corps dans le monastère de Nyak-Tso. L'amour qui les unissait était si fort qu'aucune séparation ne pouvait l'entamer. Son père était spirituellement tout près d'elle, plus près qu'il ne l'avait jamais été.

— Papa, murmura-t-elle une ou deux fois, tandis qu'avec un léger sourire, elle s'endormait enfin.

Ce ne fut pas la lumière du jour qui réveilla Vivian. Lorsqu'elle ouvrit les yeux, il faisait encore sombre dans la hutte. Elle regarda les aiguilles lumineuses de sa montre.

— Il est sept heures, annonça-t-elle à Alex.

Il s'assit immédiatement et se dégagea des couvertures.

— Bon sang ! Nous devrions être en route depuis au moins deux heures !

— Mais il fait encore nuit !

Alex retira ses bandages et s'essuya les yeux.

— Vraiment ? Je ne vois toujours pas.

— Vous ne voyez rien du tout ? Il fait sombre mais je distingue les chevaux et votre silhouette. Ce doit être la neige.

— Je ne vois absolument rien, répéta-t-il avec désespoir. Mon Dieu, qu'allons-nous faire ?

Vivian essaya d'ouvrir la porte. Après avoir poussé de toutes ses forces, elle parvint à ménager une ouverture.

— Il neige toujours très fort. Je ne vois pas à un mètre.

— Impossible de continuer dans ces conditions.

— Tout à fait impossible, approuva Vivian en venant rallumer le feu.

— Remettez vos bandages, dit-elle à Alex. Si vous ménagez vos yeux aujourd'hui, vous serez guéri demain. Attendez, je vais chercher de la neige pour mouiller les compresses.

Quand elle renoua la bande autour de la tête d'Alex, une étrange sensation s'empara d'elle. Le contact de ses cheveux épais sous ses doigts, sa soumission inhabituelle la troublaient étrangement. Sans doute toutes les femmes aimaient-elles prendre soin d'un homme, tout à coup sans défense et aussi faible qu'un enfant entre leurs mains, songea-t-elle.

— Merci, dit-il tranquillement, ce qui acheva de la troubler.

Cet Alex-là était très différent de celui qu'elle connaissait. Il n'était ni autoritaire, ni inflexible : elle n'avait plus peur de lui. Au contraire, il dépendait d'elle. Qu'aurait-il fait, si elle n'avait pas été là ?

— Il ne faudra pas nous montrer trop affamés, aujourd'hui, remarqua-t-elle en préparant de la farine d'orge et du thé.

— Que nous reste-t-il ?

— Assez pour aujourd'hui et demain, répondit-elle, si nous faisons attention.

Peu après, elle lui donna la plus large part d'orge et remplit son bol de thé une deuxième fois alors que le sien restait vide.

Ils passèrent la longue journée qui suivit près du feu, à discuter. Ils évoquèrent tous les sujets possibles, en évitant soigneusement leur propre situation. Elle ne s'était jamais aperçue à quel point Alexander était intéressant. Il lui raconta ses aventures aux quatre coins du monde. Il lui décrivit les exploits d'hommes de diverses nationalités qu'il avait rencontrés. Ses récits se teintaient d'une sensibilité et d'émotions qu'elle n'aurait jamais soupçonnées en lui. Elle ne retrouvait plus l'homme inflexible et si sûr de lui qu'elle détestait.

— Je n'ai jamais compris les femmes, lui avoua-t-il, comme l'après-midi finissait. Ma mère est morte à ma naissance et c'est mon père qui m'a élevé, dans un vieux château, en Écosse. Totalement coupé des autres enfants de mon âge, j'ai été bercé par les histoires gaéliques des pêcheurs du coin.

— Mais vous avez dû connaître des tas de femmes dans votre vie, et tomber amoureux des centaines de fois !

— Je n'en ai jamais aimé aucune, avant vous.

C'était la première fois qu'il mentionnait son amour pour elle sans l'effaroucher. Cet homme qui se tenait assis en face d'elle, les yeux bandés, très calme, ne lui faisait plus peur.

— Je ne comprends pas comment vous pouvez

m'aimer. Que savez-vous de moi ? Très peu de choses.

— Je vous ai aimée dès l'instant où j'ai posé les yeux sur vous.

Une sorte de ferveur dans sa voix fit courir en elle un long frisson.

— C'était au casino, deux jours avant notre rencontre, cette fameuse nuit, sous la tonnelle. J'ai su immédiatement que vous seriez la seule femme qui compterait dans ma vie.

— Comment pouviez-vous le savoir ?

— Vous n'avez jamais eu l'impression que certaines choses de la vie sont voulues par le destin ? Quand j'ai vu votre visage, je l'ai reconnu : il m'était déjà apparu, dans mes rêves. A une différence près : vous êtes encore plus belle, bien plus belle, dans la réalité.

Vivian se sentit trembler mais d'une émotion bien étrangère à la peur...

— J'aime tout en vous, continuait-il lentement. Vos yeux, votre petit nez droit, votre sourire, les extraordinaires reflets de vos cheveux.

Il poussa un profond soupir :

— Mais j'aime aussi votre courage, votre façon de lever la tête quand vous me défiez, et les sanglots dans votre voix, quand vous êtes malheureuse.

Il se tut, un instant. Vivian avait la gorge nouée. Elle se sentait simplement bercée, transportée par les notes graves de sa voix virile.

— Nous étions destinés l'un à l'autre, ma chérie.

Le cœur de Vivian battait très fort. Curieusement, elle n'avait plus envie de lui échapper. Elle voulait encore l'écouter, se laisser caresser par la voix, par les mots d'Alex.

Mais comme il gardait le silence, une gêne soudaine l'envahit. Incapable de rester assise, elle se leva, prétextant d'aller voir l'un des chevaux. En réalité, elle tentait d'apaiser le feu qui embrasait ses joues. Une chose étrange lui arrivait, une impression qu'elle n'avait jamais éprouvée jusqu'alors. Une sorte de chaleur, comme une boule de feu, irradiait dans sa poitrine. Une allégresse dont elle connaissait l'origine.

A huit heures, ils dînèrent puis Vivian arrangea la couche d'Alex avant de l'aider à s'y installer.

— Dormez bien, lui dit-elle, car nous devons nous lever à l'aube.

Pour toute réponse, il lui saisit les mains et les porta à ses lèvres. Puis il les garda fermement serrées dans les siennes.

— J'ai horreur de me sentir inutile, dit-il.

Il ne pouvait voir les yeux de la jeune fille anormalement brillants, ni le soudain tremblement de ses lèvres tandis que les siennes effleuraient à nouveau ses mains.

— Bonne nuit, parvint-elle à articuler un peu plus tard.

Le silence retomba dans la hutte. Deux heures après, ils étaient réveillés par le bruit d'un animal qui rôdait autour de leur abri. Les chevaux s'étaient mis à trépigner de frayeur. Tout à coup s'éleva un horrible hurlement, si proche qu'il semblait venir de l'intérieur même de leur abri.

Terrifiée, Vivian sortit de son sac de couchage

et, sans réfléchir, alla se blottir contre Alex. Elle sentit ses bras se refermer autour d'elle et enfouit sa tête dans le creux de son épaule.

— C'est... un loup, souffla-t-elle. Est-ce qu'il peut nous... faire du mal ?

Il la serra plus fort et rabattit les couvertures au-dessus de leurs têtes.

— C'est plutôt une panthère des neiges, répondit-il.

— Qu'allons-nous faire ? interrogea-t-elle, tremblante.

Qu'y avait-il de plus épouvantable que d'être traqué par une bête sauvage ?

— Nous sommes hors de sa portée et je ne veux pas gâcher une balle pour la faire fuir.

— Est-ce qu'elle pourrait... entrer dans la hutte ?

— Je suis là pour vous protéger.

Sans savoir pourquoi, Vivian leva la tête. Et sans savoir comment, leurs bouches se rencontrèrent. Elle frémit tout d'abord, puis elle ressentit une sorte d'explosion merveilleuse dans tout son corps. Elle n'avait jamais rien éprouvé de semblable. Elle lui abandonna ses lèvres, sans plus penser à rien. Tout son être revivait, comme envahi par une nouvelle vitalité. Elle tremblait si fort contre lui qu'il finit par relever la tête.

— Ma chérie... Mon amour... murmura-t-il avant de s'emparer à nouveau de ses lèvres offertes.

Ce nouveau baiser transporta Vivian. Elle se sentit prise d'un vertige délicieux.

— Je vous aime... ma chérie... si vous saviez comme je vous aime...

— Je... je ne... savais pas. Je ne... comprenais pas.

— Qu'est-ce que vous ne compreniez pas, ma chérie ?

— Que je... vous désirais. Que je voulais... être près de vous.

— Je vous désire désespérément, comme un fou. Et vous ne pouvez m'échapper. Vous êtes à moi.

Elle passa la nuit dans ses bras, en sécurité, en paix. Elle avait l'impression d'avoir enfin trouvé sa place, après une longue errance.

— C'est le matin.

La voix d'Alex lui parvint, à travers les brumes du sommeil. Elle se leva et alla ouvrir la porte. Un tapis de neige immaculée s'étendait sous un ciel clair et sans nuages, que le soleil levant commençait à dorer.

— Il fait un temps superbe ! s'écria-t-elle.

Elle se retourna et vit qu'Alex s'était levé. Il tenait le bandage dans ses mains.

— Je suis toujours aveugle.

Vivian sentit son cœur flancher mais elle se contrôla :

— Cela ne fait rien, dit-elle. Je vous guiderai. Nous avons franchi le col, maintenant. Le plus difficile est fait. Nous trouverons bien un chemin pour redescendre.

— Vous vous en sentez capable ?

— Évidemment ! Nous allons manger un peu avant de partir mais il faut garder quelques provisions pour le dîner.

Elle fit chauffer le thé et prépara une bouillie de farine.

— Voilà votre part, lui dit-elle.

Il lui saisit le poignet au passage.

— Si c'est ma part, montrez-moi la vôtre.

— Elle est là-bas, mentit-elle.

— C'est faux ! Écoutez, ma chérie, ce n'est pas parce que je suis aveugle que vous allez vous jouer de moi. Vous allez manger, et tout de suite.

Elle protesta en riant, mais il la força à manger cette pâtée sans saveur.

— Mais je veux partager avec vous !

— C'est moi qui décide. Oh, Vivian, comment voulez-vous que je ne sois pas fou d'amour pour vous ?

La jeune fille rougit, profondément troublée par son intonation. Elle s'empressa de lui échapper pour servir le thé.

— J'en ai pris la moitié, affirma-t-elle.

Dix minutes plus tard, ils s'apprêtaient à prendre la route. Vivian pâlit en ouvrant la porte.

Le chemin avait complètement disparu, enfoui sous la neige. D'énormes congères s'étaient formées durant la nuit et il n'y avait plus aucun moyen de distinguer où se situaient les précipices et les crevasses par rapport à la terre ferme. S'ils tombaient dans un gouffre dissimulé par la neige, ils ne pourraient compter sur aucun secours.

Elle resta un long moment silencieuse avant de se décider à avouer.

— Je ne vois plus la route. Tout est couvert de neige.

Alex ne broncha pas. Il savait que s'aventurer dans l'Himalaya sans voir son chemin était un vrai suicide. Pour la première fois depuis qu'ils avaient quitté le monastère, Vivian se dit que les dieux l'avaient abandonnée.

Ils ne pouvaient rester là, puisqu'ils n'avaient plus de vivres. Mais continuer revenait à s'exposer à une mort certaine.

— Nous sommes perdus, dit-elle sombrement.

Anéantie, elle ne put retenir ses larmes et elle se réfugia dans les bras d'Alex.

— Allons, allons... fit-il en serrant contre lui le corps mince et secoué de sanglots de Vivian.

— Je ne veux pas mourir ! balbutia-t-elle.

Alex raffermit son étreinte.

— Allons, ma chérie, calmez-vous. Rien de tel n'arrivera. Nous avons déjà réussi à venir jusqu'ici et nous réussirons à aller jusqu'au bout. Regardez à nouveau et décrivez-moi exactement ce que vous voyez, la forme des rochers... Il doit bien y avoir une solution.

Reprenant courage, Vivian s'essuya les yeux et s'arracha à son étreinte.

La lumière du soleil levant, reflétée par la neige, l'éblouissait mais elle s'efforça de scruter les alentours, soudain honteuse de ce moment de faiblesse.

— Vous aviez raison, dit-elle enfin. C'est une panthère des neiges qui est venue pendant la nuit. Elle a laissé ses empreintes tout autour de la hutte puis elle s'est éloignée en zigzaguant, en aval. Très loin, apparemment.

— Ce sont des animaux extraordinaires, répondit Alex, en essayant de surmonter lui aussi son angoisse. Les gens d'ici leur attribuent des pouvoirs surnaturels parce qu'elles ne se laissent jamais piéger par les obstacles dissimulés sous la neige.

— Vraiment ?

Elle regardait autour d'elle, s'efforçant d'évaluer la distance qui séparait la hutte du chemin. Tout à coup, elle se tourna vers Alex avec un petit cri. Il ébaucha instinctivement un geste protecteur.

— Alex ! Dites-moi vite : quand une panthère des neiges marche dans la neige, est-ce qu'elle suit le chemin qui est enfoui au-dessous ?

Alex lui agrippa le bras.

— Je l'ai toujours entendu dire, acquiesça-t-il. Les scientifiques expliquent ce phénomène par l'odorat particulièrement développé de ces fauves.

— Alors nous sommes sauvés, cria-t-elle. Sauvés ! Alex, écoutez-moi. Les traces de la panthère des neiges partent en zigzag devant nous. Et l'oracle de Chumbi m'a dit que je devais suivre les traces de la panthère des neiges si je voulais trouver la vie et...

Elle s'arrêta net, le visage encore baigné de larmes mais transfiguré par l'espoir. Alex lui tenait toujours le bras et tournait vers elle son visage bandé. D'une voix tendue, il demanda :

— Si vous vouliez trouver la vie, et quoi d'autre ?

Vivian se sentit alors frappée d'une illumination, comme si le soleil brillait soudain plus ardemment. Jetant ses bras autour du cou d'Alex, elle répondit, triomphante :

— La vie et l'amour, mon chéri.

Et elle oublia le reste du monde quand elle sentit ses lèvres sur les siennes.

ÉPILOGUE

Dominant Darjeeling, le bungalow croulait sous les rhododendrons et les azalées. Les fleurs rouges, orange, blanches et mauves se mélangeaient en un gigantesque bouquet. Au loin, les pics enneigés de l'Himalaya miroitaient sous les rayons du soleil couchant.

Vivian sortit sur la véranda pour admirer le paysage. Peu après, Alex la rejoignit.

— C'est incroyablement beau, dit-elle.

— Autant que toi, ma chérie.

Il l'enlaça et elle s'abandonna contre lui.

— Pas trop fatiguée ?

— J'allais te poser la même question !

— Je ne me suis jamais senti aussi bien, aussi heureux.

Ils s'étaient mariés à midi, dans la petite chapelle anglaise de la ville et, après un repas avec le haut-commissaire anglais, ils avaient pris la route en lacet qui menait au bungalow qu'Alex avait loué pour leur lune de miel. La maison était petite mais confortable et ils avaient deux domestiques à leur service.

— Quand m'épouserez-vous ? lui avait-il demandé, huit jour après leur arrivée à Darjeeling, quand il eut recouvré la vue.

Cette semaine avait été très éprouvante pour Vivian. Malgré son épuisement, elle ne pensait qu'à Alex. Depuis qu'elle avait compris qu'elle l'aimait, elle refusait de le quitter et voulait prendre soin de lui, nuit et jour. Ses sentiments pour lui gagnaient en intensité. Elle frissonnait dès qu'il la touchait. Jamais elle n'avait éprouvé de telles sensations. Le seul son de sa voix la faisait vibrer comme un instrument de musique dans les mains d'un virtuose.

Même avec les yeux bandés et cloué au lit, selon les instructions du médecin, il restait terriblement viril et attirant.

— Venez-là, ma chérie, lui avait-il dit, une nuit, alors qu'elle le croyait endormi.

Elle s'était précipitée à son chevet.

— Vous voulez quelque chose ?

— Oui !

— Quoi donc ?

Il s'était redressé et l'avait attirée contre lui.

— Vos lèvres, mon amour !

Et il l'avait embrassée à lui couper le souffle, éveillant en elle une tempête d'émotions.

— Je vous aime ! avait-il chuchoté d'une voix rauque. Si vous saviez comme je vous aime. Je vous désire comme aucun homme n'a jamais désiré une femme.

Peu à peu, il avait recouvré la vue. Quand on lui avait ôté ses bandages, ses premiers mots avaient été pour Vivian :

— Vous êtes encore plus belle que dans mon souvenir !

A présent, Vivian frémissait dans ses bras. Des frissons parcouraient tout son corps et elle avait l'impression de voir des étoiles danser devant ses yeux, comme au moment où elle avait enfin atteint Darjeeling après un voyage épuisant.

— Te rends-tu compte que tu es ma femme ? Tu es à moi et je l'ai toujours su, affirma Alex de sa voix profonde.

— Comment pouvais-tu en être si sûr ?

— Nous étions faits l'un pour l'autre. C'était notre destin. J'ai vécu trop longtemps en Orient pour ne pas savoir que lorsque la roue de la vie se met à tourner, on ne peut y échapper.

— Et moi qui croyais te... haïr !

— Et maintenant ?

— Je t'aime, Alex chéri. Je t'aime... de tout mon être. Rien d'autre n'existe à part toi.

Il l'attira contre lui et ses lèvres emprisonnèrent celles de Vivian.

Il l'embrassa jusqu'à oublier le bungalow, le soleil couchant, les azalées. Il baisa ses yeux, ses joues, sa nuque et son cou, puis sa bouche à nouveau.

La nuit les surprit. L'obscurité s'était installée sans qu'ils s'en aperçoivent. Le cri d'une chauve-souris retentit, suivi du bruissement d'un petit animal dans les buissons. Les étoiles s'allumaient une à une, et au fur et à mesure qu'elles pailletaient le ciel, les lèvres d'Alex devenaient plus possessives, plus exigeantes.

Il ôta les épingles qui retenaient les cheveux de Vivian et ses boucles retombèrent sur ses épaules. Il les embrassa comme si leur douceur soyeuse le transportait, puis ses baisers descendirent le long du cou de Vivian, sur sa gorge et au creux de ses seins.

Doucement mais avec une ardeur qu'il ne pouvait plus contenir, il l'attira dans la chambre, baignée dans la douce lumière des chandeliers.

— Tu es à moi, Vivian, pour toujours...

Romans sentimentaux

La littérature sentimentale a pour auteur vedette chez J'ai lu la célèbre romancière anglaise Barbara Cartland, qui a écrit plus de 500 romans. A ses côtés, Anne et Serge Golon avec la série des Angélique, Juliette Benzoni et des écrivains anglo-saxons qui savent évoquer toute la force des sentiments (Janet Dailey, Theresa Charles, Victoria Holt...).

AMIEL Joseph	**Les droits du sang** 2966/**8**
BÉARN Myriam et Gaston de	**L'or de Brice Bartrès** 2514/**4** (voir aussi p. 5)
BENZONI Juliette	**Marianne, une étoile pour Napoléon** 2743/**7**
	Marianne et l'inconnu de Toscane 2744/**5**
	Marianne - Jason des quatre mers 2745/**5**
	Toi, Marianne 2746/**5**
	Marianne - Les lauriers de flammes 2747/**8**
BIALOT Joseph	**Elisabeth ou le vent du sud** 3088/**5**
	Le vent du sud - 2 Judith 3098/**5**
BRISKIN Jacqueline	**Les vies mêlées** 2714/**6**
	Le cœur à nu 2813/**6**
	Paloverde 2831/**8**
BUSBEE Shirlee	**La rose d'Espagne** 2732/**4**
	Le Lys et la Rose 2830/**4**
CASATI MODIGNANI Sveva	**Desespérement, Julia** 2871/**4**
CHARLES Theresa	**Le chirurgien de Saint-Chad** 873/**3**
	Inez, infirmière de Saint-Chad 874/**3**
	Un amour à Saint-Chad 945/**3**
	Crise à Saint-Chad 994/**2**
	Pour un seul week end 1080/**3**
	Lune de miel à Saint-Chad 1112/**2**
	Les rebelles de Saint-Chad 1495/**3**
	Les mal-aimés de Fercombe 1146/**3**
	Lake qui es tu ? 1168/**4**
	Le château de la haine 1190/**2**
COOKSON Catherine	**L'orpheline** 1886/**5**
	La fille sans nom 1992/**4**
	L'homme qui pleurait 2048/**4**
	Le mariage de Tilly 2219/**4**
	Le destin de Tilly Trotter 2273/**3**
	Le long corridor 2334/**3**
	La passion de Christine Winter 2403/**3**
	L'éveil à l'amour 2587/**4**
	15e Rue 2846/**3**
	La maison des flammes 2997/**5**
DAILEY Janet	La saga des Calder :
	- La dynastie Calder 1659/**4**
	- Le ranch Calder 2029/**4**
	- Prisonniers du bonheur 2101/**4**
	- Le dernier des Calder 2161/**4**
	Le cavalier de l'aurore 1701/**4**
	La Texane 1777/**4**
	Le mal-aimé 1900/**4**
	Les ailes d'argent 2258/**5**

	Pour l'honneur de Hannah Wade 2366/**3**
	Le triomphe de l'amour 2430/**5**
	Les grandes solitudes 2566/**6**
DALLAYRAC Dominique	***Et le bonheur maman ?*** 1051/**3**
DAVENPORT Marcia	***Le fleuve qui tout emporta*** 2775/**4**
	Paul et Mary 3197/**5** (Avril 92)
DESMAREST Marie-Anne	***Torrents*** 970/**3**
	Jan Yvarsen 1024/**2**
	Jan et Thérèse 1112/**3**
	Le fils de Jan 1148/**3**
	Le destin des Yvarsen 1230/**2**
EBERT Alan	***Traditions*** 2947/**8**
FORSYTHE HAILEY Elizabeth	***Le mari de Joanna et la femme de David*** 2855/**5**
FURSTENBERG et GARDNER	***Miroir, miroir*** 3016/**7**
GOLON	Voir encadré page précédente
HEAVEN Constance	***La maison Kouraguine*** 812/**3**
	Interroge le vent 869/**3**
	Comme un feu dévorant 3216/**8** (Mai 92)
HEIM Peter	***La clinique de la Forêt-Noire*** 2752/**4**
	Mariage à la clinique de la Forêt-Noire 3107/**5**
	Hommes et destins à la clinique de la Forêt-Noire 3177/**5** (Mars 92)
HOLT Victoria	***La maison aux mille lanternes*** 834/**4**
	La porte du rêve 899/**4**
	Le galop du Diable 1113/**4**
	La nuit de la septième lune 1160/**4**
	Le masque de l'enchanteresse 1643/**4**
	La légende de la septième vierge 1702/**3**
	Sables mouvants 1764/**3**
	Les sortilèges du tombeau égyptien 2778/**3**
HULL E.M.	***Le Cheik*** 1135/**2**
	Le fils du Cheik 1216/**2**
IBBOTSON Eva	***Une comtesse à l'office*** 1931/**4**
KEVERNE Gloria	***Demeure mon âme à Suseshi*** 2546/**6**
LAKER Rosalind	***Reflets d'amour*** 2129/**4**
	La femme de Brighton 2190/**4**
	Le sentier d'émeraudes 2351/**5**
	Splendeur dorée 2549/**4**
	Les neiges de Norvège 2687/**4**
	Le sceau d'argent 3032/**5**
LINDSEY Johanna	***Le vent sauvage*** 2241/**3**
	Un si cher ennemi 2382/**3**
McBAIN Laurie	***Les larmes d'or*** 1644/**4**
	Lune trouble 1673/**4**
	L'empreinte du désir 1716/**4**
	Le Dragon des mers 2569/**4**
	Les contrebandiers de l'ombre 2604/**4**
	Splendeur et décadence 2663/**5**
MICHAEL Judith	***Prête-moi ta vie*** 1844/**4** & 1845/**4**
MONSIGNY Jacqueline	***L'amour dingue*** 1833/**3**
	Le palais du désert 1885/**2**
	Les nuits du Bengale 1375/**3**
MOTLEY Annette	***Le pavillon des parfums verts*** 2810/**8**

MULLEN Dore	**Entre ciel et enfer** 1557/**4**
	Le lys d'or de Shanghai 2525/**3**
	La violence du destin 2650/**4**
PAETRO Maxine	**Besoin d'aimer** 3124/**6**
PARETTI Sandra	**L'oiseau de paradis** 2445/**4**
	L'arbre du bonheur 2628/**5**
RASKIN Barbara	**Bouffées de jeunesse** 2888/**5**
ROGERS Rosemary	**Amour tendre, amour sauvage** 952/**4**
	Jeux d'amour 1371/**4**
	Au vent des passions 1668/**4**
	La femme impudique 2069/**4**
	Insolente passion 2557/**6**
	Le feu et la glace 2576/**6**
RUGGIERI François	**Au cas où Solange reviendrait** 3042/**4**
STANFILL Francesca	**Une passion fatale** 2320/**4**
THOMAS Rosie	**La vie ne sera plus jamais la même** 2918/**6**
	Amy, pour les amis 3132/**5** & 3133/**5**
	Femmes fatales 3238/**7** (Juin 92)
WOODIWISS Kathleen E.	**Quand l'ouragan s'apaise** 772/**4**
	Le loup et la colombe 820/**4**
	Une rose en hiver 1816/**5**
	Shanna 1983/**5**

3156

Impression Brodard et Taupin
à La Flèche (Sarthe) le 16 janvier 1992
1274F-5 Dépôt légal janvier 1992
ISBN 2-277-23156-8
Imprimé en France
Editions J'ai lu
27, rue Cassette, 75006 Paris
diffusion France et étranger : Flammarion